# KANNIBAALI

# JA

# JÄTTIROTTA

Helli Karimus

# KANNIBAALI JA JÄTTIROTTA

Kannibaali ja Jättirotta
© 2018 Helli Karimus
Kustantaja: Books on Demand, Helsinki, Suomi
Valmistaja: Books on Demand, Norderstedt, Saksa
Julkaisuvuosi 2018
Tekijä: Helli Karimus
Tekstin oikoluku: Merja Suomela
ISBN 978-952-800-173-7
Kirjailija: Olen iäkäs nainen, joka kirjoittelee kaikennäköisiä tekstejä,
runoista romaaniin.

# Kannibaali

# Johdanto

Olen kirjoittanut tarinan kannibalismista. Kannibaalimiehestä, joka kidnappaa ja murhaa sekä paloittelee ruumiit syödäkseen ne. Tässä vähän epäinhimillisessä tarinassa mies ennättää paljon, ennen kuin jää kiinni. Kirja on kesyä kauhua täynnä. Jostain sain idean. Kun naapurini paloitteli miehen rahasta ja lopulta tuli itse paloitelluksi täällä Suomessa. Novellin sivut kertovat, kun mielikuvitus lentää. Novelli on nimeltään *Kannibaali.*

# 1. luku

Bostonissa liikkui eräs mies pakettiautollaan. Kerran öiseen aikaan, aamuyön pikkutunteina hän katseli ympärilleen ja etsi saalista, ihmistä. Sillalla hän huomasikin, että eräs toinen mies palaili kapakasta. Mies pysäytti autonsa tämän toisen miehen viereen. Hän astui ulos autosta ja kysyi tietä jollekin kadulle, minkä hän varsin hyvin tiesi, mutta kysymys oli tekosyy – sillä hän sai miehen huomion.

Hän oli varautunut hyvin. Hänellä oli taskussaan nenäliina, joka oli kastettu nukutusaineessa. Hän meni toisen miehen luo ja oli niistävinään nenää, mutta laittoikin nenäliinan miehen nenälle ja suulle. Niin nopeasti kaikki kävi, ettei kävelijämies ehtinyt tehdä vastarintaa, vaan nukahti ja tipahti. Ketään muuta ei ollut liikkeellä. Auton omistaja vahti ympäristöä ja raahasi miehen auton takatilaan. Auton hän oli hankkinut tätä tarkoitusta varten. Hän raahasi siis miehen autoon, jossa tämä sitten oli pitkin pituuttaan, nukkuen nukutusaineen ansiosta. Liekö viinaakin juonut. Auton omistaja laittoi auton ovet kiinni ja meni sitten kuskin paikalle, starttasi auton ja ajoi kotiinsa.

Aamutunneilla hän raahasi miehen autotalliin, missä mies heräili. Tappaja, Roger nimeltään, laittoi lisää nukutusainetta ja alkoi paloittelemaan miestä. Lihat hän pilkkoi pois kirveellä. Kädet, jalat, vatsa, selkä – hän irrotti lihan ja keräsi pakastepusseihin, luut ja pään jätesäkkiin, samoin suolet ja jänteet, ihmisen jämät. Hänellä oli kirves ja saha. Ihminenhän on pehmeää kudosta kauttaaltaan. Hän heittäisi miehen pään ja luut sillalta alas vähän kauempana. Lihat hän keräsi kotiinsa, missä suolasi ne ja laittoi pakastimeen. Osan hän söi heti, paistaisi tai keittäisi, kokeili ensin. Molemmat hän totesi hyväksi tavaksi.

Hän oli hankkinut pakastimen sitä varten. Hän oli suunnitellut kaiken etukäteen.

Roger maisteli lihaa ja totesi: hyväähän se olikin. Jostain hän oli saanut päähänpinttymän, että ihmisen lihaa pitää saada. Hän aikoi uusia tekonsa, sen verran hän mieltyi ihmislihaan.

Jossain vaiheessa huomattaisiin miehen kadonneen, häntä etsittäisiin. Roger siivosi autotallin, auton ja asuntonsa uutta tekoa suunnitellessaan. Hän keräsi luut ja laittoi ne jätesäkkiin, josta pudotti ne alas jokeen virran vietäväksi varmistaen, ettei ollut katsojia. Niinpä kuului vain molske, kun pää ja luut joutuivat veteen.

Mies joka kuoli oli George. Tappaja oli Roger. Nyt Rogerilla riittäisikin pitkäksi aikaa ruokaa. Tietenkin hän oli pään irrottanut ja laittanut pussiin. Vaatteet hän jätti jätehuollolle, henkilöpaperit säilytti kotonaan. Roger ei tiennyt, mitä lopulle ruumiille kävisi, päälle ja luille. Nousisivatko ne pintaan vai uppoisivatko? Se jäisi nähtäväksi.

Hän ei potenut mitään syyllisyyttä lajitoverinsa tappamisesta tai syömisestä. Hän taisi olla sairas, ja sairaita teot olivatkin. Hän jatkoi puuhiaan, ruiskutti vesiletkulla vettä autotalliin ja autoon. Hän huuhtoi tapahtuneen jäljet, kudosnesteet ja veren.

Joka päivä hän söi miehen lihaa, jota olikin jonkin verran. Ensin hän oudoksui makua, sitten tottui, kyllä lopulta kelpasi. Hän asui omakotitalossa yksinään, hajukaan ei levinnyt naapuriin. Kuukauden päivät hän söi ihmislihaa ruumiista, jonka oli paloitellut syödäkseen, kunnes meni sillalle ja katseli ympärilleen. Yksittäistä katoamista ei laitettu sen kummemmin merkille. Ainahan ihmisiä katoaa joskus. Suuressa kaupungissa, kuten Bostonissa, ei niin kiinnitetty yhteen katoamiseen huomiota. Olihan ihmisiä kadonnut ennenkin, muuallakin kuin Bostonissa.

Mies sai parkkeerata kaikessa rauhassa, kenenkään kiinnittämättä häneen huomiota sen kummemmin. Jo alkuillasta hän vahti kävelytietä, tulisiko ketään. Olihan siinä liikennettä jonkin verran siinä sillalla, myös kauempana.

Sitten ilta oli yöksi jo vaihtunut. Eräs nainen palasi työstään mennäkseen kotiinsa. Mies kysyi tietä ja tuli ulos autosta, nainen vähän perääntyi. Nainen ei tiennyt, että oli hänen elämänsä viimeinen ilta – eikä sitäkään, että mies oli tappaja, kannibaali, Roger nimeltään, tai sitä, että mies söi lajitovereitaan ja oli vasta aloittanut. Roger siis kysyi tietä ja salamannopeana, vähän kömpelönä kuitenkin, onnistui laittamaan nenäliinan naisen nenälle ja suulle. Ketään ei taaskaan ollut liikkeellä. Jos oli, Roger odotti, että kulkija meni kunnolla ohi.

Hän siis nukutti naisen ja siirsi tämän autoonsa takatilaan. Hän lähti liikkeelle autollaan. Nainen heräili ja alkoi mekastaa: miksi oli autossa ja minne menossa? Roger pysäytti auton ja meni naisen luokse laitettuaan lisää nukutusainetta nenäliinaan, jonka naisen rimpuilusta huolimatta painoi tämän nenälle ja suulle. Naisen huutoa ei enää tullut, kukaan ei kuullut. Roger jatkoi matkaa autotallilleen ja talolleen. Hän kantoi naisen autotalliinsa – nainen oli aika kevyt mieheen verrattuna. Hän antoi kuolettavan iskun kaulalle ja alkoi hommiin. Naisen rinnat törröttivät kutsuvina, mutta nainen oli kuollut. Hän riisui pois naisen pitkät housut, paidan, rintaliivit, pikkuhousut, sukat ja korut.

Roger pieni naisen, erotti taas luut lihasta, laittoi luut ja pään jätesäkkiin, sitten lihat pusseihin. Hän kantoi lihat keittiönsä pakastimeen. Hän pohti, mitä tekisi naisen lihalla, ja hän päätti keittää osan, kuten rinnat. Siinä meni tunti pari aikaa. Naisen lihaa maistettuaan hän huomasi, että se oli makeampaa kuin miehen.

Roger oli erakko, yksineläjä, ei sukulaisia mailla eikä halmeilla. Naisella sen sijaan oli äiti ja sisko, jotka ihmettelivät, miksei hän tullut kotiin, vaikka tiesivät hänen palaavan öiseen aikaan töistä. Ei tullut henkirikos mieleenkään, mies sai tehdä tekosiaan rauhassa. Naisen äiti ja sisko kuitenkin tekivät poliisille ilmoituksen, ettei nainen ollut tullut kotiin. Margareeta oli hänen nimensä.

Parin päivän sisällä poliisit laittoivat naisen hakuun. Ehkä tämä oli päättänyt lähteä muualle, sitä ei tiedetty varmaksi.

Kun oli vierähtänyt aikaa, Margareetan äiti ja sisko ottivat valokuvasta paperikopion, jota jakoivat baareihin, kioskille, juniin. Missään ei kuitenkaan ollut nähty naista. Poliisi ei sulkenut pois henkirikoksen mahdollisuutta. Nainen oli kuitenkin joutunut mitä raaimmalla tavalla uhriksi. Hänen kuviaan oli myös puhelinpylväissä ja aidoissa, mutta kukaan ei ollut nähnyt Margareetaa.

Roger näki naisen kuvan ja tunnisti tämän kuvasta. Hän ajoi vain kylmästi ohi – muuten olisi tullut katumapäälle, tunnustanut tekonsa ja katunut, kertonut myös omaisille, mitä oli tapahtunut. Mutta ei, hän jatkoi matkaa läheiseen kauppaan ja osti maitoa, pakastepusseja, kahvia, ilman omantunnon syytöksiä. Mies oli tunnoton toisen kivulle, toiselle ihmiselle. Hän oli vailla omaatuntoa. Jos olikin tunto, niin millainenhan? Vaikea määritellä. Mies tarvitsi hoitoa ja kuulan kalloonsa, tuskin auttaisi mikään muu.

Hän jatkoi tekosiaan ja siirtyi paikasta toiseen. Siirtyi kansallispuistoon, jossa oli kävelijöitä. Kukkasten ja puiden katselijoita oli tullut kauempaakin, joka päivä, vielä iltasellakin – aavistamatta pahaa, joka oli lähellä väijymässä. Rogerin oli kuitenkin vaikea löytää kohdetta, joka olisi yksinään ja erillään muista kävelijöistä.

Illalla kymmenen aikaan, kun kävelijöitä oli vähemmän, yksi nainen käveli yksinään, väsyneenä päivän retkestään. Hänellä oli reppu, jossa oli ollut eväitä, omenaa ja voileipää. Mies ajoi alueella ja pysähtyi naisen kohdalla kysyen, halusiko tämä kyydin. Nainen epäröi ja sanoi: "Kyllä jaksan kävellä", mutta mies taivutti naisen kyytiinsä ja kysyi osoitetta, epäluulojen hälventämiseksi.

Ei Rogerilla ollut aikomustakaan viedä naista tämän kotiin. Hän otti taskustaan nenäliinan, jossa oli eetteriä ja jonka hän laittoi naisen nenälle ja suulle. Vastaan rimpuilu ei auttanut, vaan nainen nukahti. Niin hänet oli helppo kuljettaa Rogerin talolle, autotalliin. Roger oli ottanut tavakseen viedä ihmiset sinne.

Niin oli seuraavien viikkojen ruuat pantava pakastepusseihin. Nainen vuosi verta aika tavalla, hän oli pulskemmassa kunnossa kun edellinen nainen. Olihan Roger tappanut miehenkin ja varmaan syönytkin. Useimmat ihmiset syövät joskus naudanlihaa sekä sian ja muiden eläinten lihaa. Tuskin ihmisliha kelpaisikaan, jos joku tarjoaisi. Roger ajoi Massachusettsiin päin Charlesjoen suulle ja heitti päät ja luut jokeen toivoen, ettei kukaan niitä löytäisi. Lihan hän korjasi pakkaseensa.

Se, joka tykkää ihmislihasta ja syö sitä, on kannibaali. Lajitovereitaan syövä ihminen tai eläin on kannibaali. Roger oli kannibaali sanan koko merkityksessä. Hän oli tottunut ihmislihaan. Hän nautti naisen lihasta, suolasi sen, pippuroi, keitti ja paistoi vuoronperään ja söi. Hän oli sen verran eristyksessä omakotitalossaan, että naapureita ei ollut lähelläkään. Hän oli kauan halunnut tehdä kuten nyt monta kertaa teki. Hän oli tyytyväinen itseensä, keitteli kahvia. Hän peitteli hyvin jälkensä.

Ilma oli erittäin lämmin, 27 astetta. Liha olisi alkanut haista pahasti ilman pakastinta. Nytkin se haisi autotallissa jonkin verran tuoreenakin.

Naapurit olivat tosi etäällä, poliisit vielä etäämpänä tapahtumista. Onneksi ei törmää joka päivä kannibaaliin – tai tuskin koskaan. Nämä kolme ihmistä tulivat ikävällä tavalla tiensä päähän, Rogerin käden kautta, pahimmalla mahdollisella tavalla. Tästäkin naisesta tehtiin katoamisilmoitus. Hänen tiedettiin olleen kansallispuistosta ja hänet oli siellä nähty, mutta ei tiedetty, minne hän oli mennyt tai joutunut. Kansallispuisto haravoitiin, mutta ei löydetty mitään. Oli vain auton renkaanjäljet, jotka tutkittiin.

Alettiin epäilemään, että auto oli vienyt naisen, Leahin, ja joku oli ollut asialla, niin kuin olikin. Arvio oli oikea. Kaksi naista oli kadonnut pienessä ajassa. Miehestä ei tehty katoamisilmoitusta. Kun luut ja päät nousisivat pintaan, paljastuisi karmea totuus kolmesta ruumiista, jotka olivat hukkuneet ja jotka kalat olivat syöneet tai jotka joku oli pudottanut veteen. Poliisit arvuuttelivat katoamista. Omaiset olivat neuvottomia tilanteessa ja pelkäsivät pahinta, henkirikosta.

Vielä eivät olleet paljastuneet luut, jotka voisivat nousta pintaan. Ehkä joku havaitsisi ne ja dna tutkittaisiin luista. Selvitettäisiin, kuuluivatko luut kadonneille naisille. Entä päät, tulivatko nekään pintaan? Luultavammin ne upposivat joen pohjaan. Minne sieltä ajelehtisivat, ehkä Bostonin satamaan. Menisi usea viikko niiden löytymiseen. Matka Bostonin satamaan oli kuitenkin pitkä.

Nämä tapahtuivat heinä-elokuussa, jolloin ilma oli Bostonissa lämpimimmillään. Lähialueelle tulisi vielä syksy ennen kuin selviäisi mitään murhiin liittyvää.

Rogeria ei osattu epäillä, ei edes kaupoissa tai poliisissa, koska hänellä ei ollut aikaisempaa rikostaustaa. Ei siis sormenjälkiäkään. Jos ne olisi saatu joskus aikaisemmin, olisi tilanne ehkä ratkennut. Mutta joki pyyhki sormenjäljet pois vainajista. Eikä heitä ollut löydetty, heidän luitaan tai päitään.

Mies piti taukoa tekojensa välillä, ettei osattaisi etsiä murhaajaa, joka oli hävittänyt ruumiit, syönyt lihat ja heittänyt luut Charlesjokeen, mistä ne ennen pitkää löytyisivät. Kukaan ei vain osannut yhdistää häntä murhiin, eikä tiedetty, oliko edes mitään murhia. Hän oli syyllistynyt kyllä kannibalismiin, ihmislihan syöntiin, lajitoverinsa syömiseen. Häiriintynyt, pahasti vinoutunut, kieroon kasvanut yksilö hän oli. Hän jatkoi tekojaan ja vaihtoi paikkaa säännöllisesti. Mikään tyhmä hän ei ollut. Ei vieläkään osattu yhdistää sarjamurhiin tapahtumia, kun ei ollut silminnäkijöitäkään eikä johtolankoja minkäänlaisia. Mies ei jättänyt jälkiä.

# 2. luku

Roger siirtyi Yhdysvaltojen koillisrannikolle, missä oli Atlantin valtameri, sekä Harvardin yliopiston tuntumaan. Hän aikoi uusia tekonsa, mutta ei mennyt ihan lähelle yliopistoa. Sen tuntumassa oli kuitenkin viheralue, missä oli paljon opiskelijoita, jotka kulkivat puiston halki kampukselle. Viheralueella viihtyi joukko opiskelijoita sekä muita ihmisiä.

Roger väijyi pusikossa eikä näyttänyt epäilyttävältä. Auto oli vähän matkan päässä, kun hänen katseensa osui yksin kulkeneeseen mieheen. Hän odotti pusikossa, että mies olisi kohdalla. Mies kulki sinne, missä Roger oli. Roger näytti ihan harmittomalta, mitä ei kuitenkaan ollut. Mies kulki suoraan Rogerin syliin, mistä hänet oli helppo tainnuttaa, kun ei hän osannut epäillä mitään. Roger odotti ja odotti ja raahasi miehen pusikkoon, mistä häntä ei näkynyt muiden silmiin, jos ei tiennyt — sen verran tiheä pensas oli. Sitten Roger ajoi autonsa viheralueelle, mikä oli kiellettyä. Niin oli kaikki muukin Rogerin elämässä.

***

Roger odotti sopivaa hetkeä. Sitten, kun ei ketään näkynyt, hän siirsi miehen autonsa takaosaan ja lukitsi ovet. Mies oli tiedoton nukutusaineen vuoksi. Roger lähti ajamaan Bostonia kohti, omaan kotiinsa, taas autotalliin. Vasta seuraavana päivänä ihmeteltiin yliopistolla, miksei mies ollut tunnilla. Oliko hän ryyppyreissulla tai naisissa? Niinpä odotettiin muutama päivä, kunnes huomattiin outo katoaminen, tällä kertaa yliopiston vieressä. Puistossa oli kadonnut nähty viimeksi. Jäljet loppuivat pusikkoon, jossa huomattiin jonkun siellä maanneen. Tätä ei osattu yhdistää Bostonin katoamisiin. Osattiinko epäillä? Totta kai.

Roger teki samoin kun edellisilläkin kerroilla: paloitteli miehen, heitti Charlesjokeen luut ja pään jätesäkissä. Lihat hän tälläkin kertaa korjasi pakastimeen. Tällä kerralla hän paloitteli ruumiin tarkasti, ja hän myös nuoli verta.

Linnut lentelivät autotallin ulkopuolella, mutta mies sai jatkaa tekosiaan, muista ihmisistä viis. Vain ruumiilla oli väliä, sillä, että Roger sai syödä sen. Hän sai jatkaa tekojaan omine lupineen. Sellaista lupaa ei kukaan antaisikaan. Kaikissa laeissa ihmissyönti oli kiellettyä, kerta kaikkiaan rikollinen teko, josta sai kuolemantuomion – tai elinkautisen niissä maissa, joissa ei ollut kuolemanrangaistusta. Jossain kulttuureissa oli tehty niin, myöskin ruumiita syöty. Joissain Afrikan maissa. Nyt mies oli sivistysvaltiossa tappanut ja syönyt ihmisiä.

Miestä, joka katosi yliopistoalueella, alettiin etsimään. Löydettiin renkaan jäljet pusikon vierestä. Alettiin epäilemään jonkinlaista hyökkäystä miestä kohtaan. Harmi vain, ettei ollut silminnäkijöitä, vaikka paikka oli suosittu viheralue.

Teot tehtyään mies nukkui muina miehinä muista piittaamatta.

Asiat eivät painaneet Rogeria: hänellä ei mielessään ollut mitään tunnollaan. Vaikka olikin! Miten tuommoisen voi ymmärtää? Ei mitenkään. Miestä ei kaduttanut tai kuvottanut ollenkaan. Yliopistossa olevia opettajia ja oppilaita varoitettiin, minkä johdosta kukaan ei kulkenut viheralueen halki yksin vaan ryhmissä. Autoa ei pystytty jäljittämään, mutta kidnappaus arvattiin oikein. Harvardin viheralueelle laitettiin vartijoita, jotka kävivät siellä säännöllisesti. Mitään poikkeavaa ei kuitenkaan havaittu.

Roger oli huoleton, kävi lenkillä sekä kaupassa. Hänellä ei ollut huolta kiinnijäämisestä. Hän oli tyytyväinen ja söi lihaa, säästäen ihmislihaa. Hänen oli keksittävä, mistä seuraavaksi saisi uhrinsa.

Roger metsästi ihmisen lihaa, mikä oli ollut hänelle suhtkoht helppoa tähän mennessä. Hän suunnisti takaisin kansallispuistoon ja odotti aikansa, kunnes joku yksinäinen kulkija valikoitui hänen uhrikseen.

Kidnappaus seurasi samaa kaavaa, ja murhat olivat melkein rituaalimurhia ja ihmislihan syönti rituaalinomaista. Roger väijyi, vaani jossain nukutusaineeseen kastetun nenäliinan kanssa ja odotti, että joku tulisi yksinään hänen tielleen. Sellainen tulikin: keski-ikäinen nainen, joka oli hermojaan lepuuttamassa kansallispuistossa. Sen viheralueet olivat houkuttelevia, kutsuvia. Kotona oli ollut riitaa miehen kanssa, minkä jälkeen nainen lähti kävelylle kansallispuistoon, kunnes tapasi Rogerin, joka tiedusteli jotain paikkaa. Roger otti nenäliinan taskustaan, ja nainen tuli yllätetyksi. Hän sai nenäliinan kasvoilleen ja nukahti. Rogerin tuli kiire saada nainen autoonsa. Nainen painoi aika tavalla. Rogerin oli syytä saada tekosyy sille, miksi raahasi naista autoonsa, jos joku tulisi. Silminnäkijöitä ei kuitenkaan ilmaantunut, eikä nainen jäänyt kertomaan, mitä hänelle oli tehty.

Kaikki sujui Rogerin mielestä onnistuneesti. Nyt olisi helppo viedä nainen talolle. Saman kaavan mukaan meni, hän sai kaikessa rauhassa toteuttaa suunnitelmiaan. Ei hänellä ollut muuta kuin ihmislihan pyynti mielessään. Poliisit olivat varmoja, että joku kidnappaa ihmisiä, liikkuu laajalla mutta samalla rajallisella alueella. Ihmissyöntiä he eivät osanneet aavistaakaan.

Roger oli tottunut tappaja: kirveellä vain pää pois ja veitsellä lihat irti ja pakastimeen. Kerran kun hän vei jätesäkkiä joelle aikoen pudottaa sen alas, niin ohikulkijat katselivat, mutta siihen se jäi.

Roger oli selvä psykopaatti, joka murhasi, paloitteli ja söi ihmisiä, takana oli kymmenkunta ihmistä. Hän jatkaisi, mikäli kukaan ei estäisi. Vaikutti siltä, että hän sai jatkaa puuhiaan kaikessa rauhassa kenenkään häiritsemättä. Hän osoitti eritäin julmalla tavalla, mitä ihminen voi pahimmillaan olla: raaka tappaja, ihmissyöjä, joka oli eläintä pahempi. Villieläimillä ei ollut muuta mahdollisuutta kuin tappaa ravinnokseen toisia eläimiä. Eihän ihmisen kuulunut syödä toista ihmistä. Tämä oli kannibalismia pahimmillaan, sivistysvaltiossa, sivistyneessä kaupungissa, Bostonissa. Eri asia oli, jos ruoka olisi kokonaan loppunut ihmisiltä, mutta sellaisesta ei ollut kysymys.

Tämä kaikki tapahtui lähellä yliopistoa ja muita valtion omistamia firmoja. Onko pahempaa kuin ihmissyönti sivistysvaltiossa? Ei todellakaan ole. Historia tulisi mainitsemaan hänet. Kyllä hän aikanaan jäisi kiinni. Todennäköisesti hän jättäisi jälkiä, hutiloisi ennen pitkää ruuan haussa. Mitä merkillisin tapa täydentää ruokavarastoja. Ihmisyys oli hänestä kaukana – yleensä ihminen söi eläimen lihaa: kanan, lehmän, lampaan, sian lihaa, muuta luomakuntaa, muttei toisia ihmisiä. Epätavallinen ja erikoinen oli hänen tapansa pyydystää ihmisiä ravinnokseen. Epäinhimillistä se oli, todella harvinaista ja eriskummallista. En ole ikinä kuullutkaan, että näin laajamittaista ihmissyöntiä harrasti yksi henkilö.

Rogerilla oli sisäinen pakko. Hän oli todella sairas yksilö, todella sairas. Psykopaatti tappaa tappamisen ilosta. Elokuvissa ja kirjoissa haaksirikkoutuneet alkavat syödä kuolleita lajitovereitaan. Olisi hyvä hänen itsensäkin kannalta, jos jäisi kiinni tekosistaan. Auttaako mikään hoito tällaiseen ihmiseen? Kyseenalaista, että mikään auttaa, vain sähkötuoli tai teloitus. Tästä varmasti tulisi kuolemantuomio, mitään moraalia Rogerilla ei ollut. Se on sanomattakin selvää, ei ihmisiä kohtaan ainakaan. Oliko hänellä ollut naisystävää tai miesystävää? Nuoruus meni hänellä niin kuin muillakin. Hän kävi kapakassa, baareissa, ehkä oli tyttöystäväkin. Mutta keski-iässä Roger muuttui ihmissyöjäksi, kannibaaliksi. Vasta keski-iässä – mikä saattoi aiheuttaa kaiken? Syytä ei kerrota, oliko edes mitään syytä? Hän vain sairastui niin pahasti psykoosiin tai psykopatiaan, ehkä molempiin. Hänellä oli luonnehäiriö, hän oli itsekeskeinen narsisti, joka ei toisia ihmisiä elävänä kaivannut.

Roger seisoi pitkään peilin ääressä, tarkasti tukkaansa ja vaatetustaan, joka oli teryleenihousut ja sininen paita. Tekojaan hän ei pystynyt tarkastelemaan. Ei häntä painanut, että oli teot tehnyt, vaan tapahtui mitä tapahtui. Hän ei ollut syyllinen mihinkään. Hän oli Yhdysvaltain kansalainen, teoilleen ei loppua näy. Eikä teoilleen omistajaa eikä tekijää.

Ei ainakaan poliisin tietoon tullut ketään. Tutkintaa jatkettaisiin, mutta tähän mennessä tuloksetta. Johtolankoja ei löytynyt, mutta hän ei löytänyt moitteen sijaa tekemisissään eikä itsessään. Vaikkakin muut olisivat kauhuissaan, jos olisivat tietäneet, mitä kaikkea hän oli tehnyt. Pöyristyttävää kerta kaikkiaan. Hiukset pystyyn nostattavia tekoja, jotka vain hän ymmärsi omassa maailmassaan, joka oli verrattain rajoittunut. Hänellä oli niin vähän mitään muuta tekemistä kuin tappaa ihmisiä – tekikö hän sen jännityksen halusta? Kun ei enää muualta saanut jännitystä? Olisihan hänen pitänyt tietää, kuinka riskialtista homma oli. Kiinni jääminen oli yksi suurimmista uhkista. Muuta hänellä ei ollutkaan kuin ihmisten vaaniminen. Hän pohti tekojaan öisin ja toteutti ne öiseen aikaan.

# 3. luku

Roger oli vaarallinen tielläliikkuja, surmanloukku koko mies. Hän pesi autonsa joka kerta tuotuaan uhrinsa ensin kotiin, vaikkei olisikaan jäänyt paljon jälkiä. Hän kuljetti ihmisiä autossaan, kun oli tainnuttanut heidät ensin. Ihmiset eivät osanneet varoa, vaikka yöllä yksin liikkumisessa oli vaaransa. Pahimpia ihmisen pelkoja toteutti Roger. Monet kulkivat yötöistä puiston halki alueella, missä Roger kävi saalistamassa. Hiipivä vaara – ihmisiä katosi, eikä tiedetty, mihin ihmiset olivat kadonneet. Ainoastaan Roger tiesi, mihin ihmiset olivat kadonneet. He joutuivat kirjaimellisesti Rogerin suuhun. Kuin eläimen suuhun, mutta pahempaa: he joutuivat ihmisen suuhun. Luut virran vietäväksi, löytyivät jos löytyivät. Ei hyvältä näyttänyt, hän oli salamurhaaja sanan pahimmassa merkityksessä. Mikään moraalisaarna ei olisi auttanut, hänen moraalinsa tiesi: sitä ei ollut, ei minkäänlaista moraalia.

Roger oli yhä enemmän ja enemmän kiinni yöllisissä ajoissaan. Matka jatkui yhä kauemmaksi lihan hakuun. Tosin liha kesti monta päivää, parikin viikkoa, jos ei kauemminkin. Se riippui siitä, paljonko hän söisi ihmislihaa päivässä. Hänelle lihakauppa oli ulkona liikkuva mies tai nainen. Hän ei kuitenkaan halunnut tulla epäilynalaiseksi. Siksi hän meni kauemmaksi, Public garden -puistoon, missä oli myös lampi. Hän matkusti myös 324 kilometriä New Yorkiin, jonne matka kesti kauan, monta tuntia.

Syksy oli edennyt jo pitkälle hänen saavuttuaan luonnonpuistoon Aviondaciin. Roger leiriytyi sinne. Pohjoisosassa oli ilmainen leiripaikka, hän katseli ympärilleen. Siellä oli muitakin. Hänen onnistui tehdä tuttavuutta erään tytön kanssa, jonka kanssa meni Cedarjärvelle.

Hän makasi tytön, kuristi hänet ja vei hänet läheiseen metsään, josta haki hänet autolla elottomana ja elämälle hyvästit jättäneenä. Ihmiset uskoivat, että he olivat lyöttäytyneet yhteen, että he leiriytyvät Cedarjärven tuntumassa, mikä olikin osaltaan totta. Loppu vain oli kauhea tytölle, joka luotti ihmisiin.

Molemmilla oli teltat, jotka Roger laittoi autoonsa, samoin elottoman tytön, joka oli hyväuskoisena joutunut tappajan käsiin. Mies ajoi jonkin matkaa aavikolle, missä sijaitsivat jylhät vuoret. Hän ajoi kappaleen matkaa New Yorkista aavikolle, pysäytti autonsa ja pystytti telttansa, laittoi retkikeittimen päälle. Sitten hän veisti tytön kankusta paloja ja kypsensi ne keittimellä. Aikansa kypsyttyään ihmisliha oli valmista syötäväksi. Jylhät vuoret todistivat tapahtunutta. Sitten Roger katseli auringon laskua ja pani maata. Hän heräsi nälkäisenä, laittoi ihmislihaa itselleen. Kylläisenä hän aikoi jatkaa matkaa, kun siihen juoksi sakaalilauma nälkäisenä ja verenhimoisena, ne haistoivat raadon ja syötävää. Roger laittoi kiireellä kaiken onnistuneesti takakonttiin.

Tytön ruumis takakontissa haisi eläinten sieraimiin. Eläimet olivat nälkäisiä ja kärkkyivät valmista ateriaa, juoksivat auton kintereillä. Mies lisäsi vauhtia aika tavalla eikä joutunut luopumaan lastistaan. Roger jatkoi matkaa, kunnes vuoret näkyivät.

Jostain käveli yksinäinen mies, ja Roger pysähtyi karistettuaan hyeenat kintereiltään. Hän kysyi, tahtoiko mies kyydin. Kyyti kelpasi, ja mies nousi autoon. He jatkoivat matkaa, kunnes Roger sanoi: "Syödäänkö?" mihin mies suostui, koska oli nälkäinen. Niinpä mies tuli ulos autosta. Roger laittoi spriikeittimen päälle ja alkoi sitten kaivaa evästä repustaan. Hän kaivoikin nukutusainetta, jonka laittoi miehen nenälle. Tämä sammui kotvan päästä. Saatuaan miehen autoon Roger puukotti miestä, joka oli taju kankaalla. Mies oli kuin makaronia, niin vetelä. Roger puukotti häntä rintaan ja hyppäsi autoonsa, ennen kuin villieläimet kerkesivät siihen jaolle.

Niin hän jatkoi matkaa. Vielä yksi ihminen, sitten riittäisi pitkäksi aikaa syötävää. Hän oli voiton puolella matkassaan tultuaan takaisin Aviardok-luonnonpuistoon. Hän odotti kolmatta uhriaan sillä reissulla. Tyttöä ehkä kaivattaisiin – oliko hän mennyt erämaahan yksin? Entä mies, oliko ehkä jäänyt vuorille? Heitä ei löytyisi koskaan.

Roger ajatteli, että hän ottaa vielä yhden ihmisen. Nyt vain takaisin luonnonpuistoon – sieltä löytyisi joku. Niinpä niin, sieltä löytyikin yksinäinen kävelijä. Se oli tällä kertaa mies, joka piti tainnuttaa iskulla päähän ja katsoa samalla, ettei ollut silminnäkijöitä. Roger aina katsoi luonnonpuistosta syrjäisen paikan, jossa oli näkösuoja. Nytkin puut ja pensaat antoivat näkösuojan. Roger sai tehdä hommiaan kaikessa rauhassa, piilossa sivistykseltä, sivilisaatiolta. Hän oli yksin tekojensa kanssa. Jos hänellä olisi ollut ystäviä, olisivatko tällaiset teot jääneet tekemättä?

Niin hän saapui kotinsa pihalle ja parkkeerasi autotallinsa eteen, teurasti ihmiset lopullisesti. Hänellä meni koko yö ja päivä siihen. Oliko pakkasessa kaikelle lihalle tilaakaan?

Roger piti välillä taukoa ja meni kotiinsa nukkumaan, koska oli väsynyt. Hän sulki huolellisesti autotallin ja pesi. Sitten hän valmisti tuoreesta lihasta illallista itselleen. Poliisilla oli vahva epäily kidnappaajasta, ehkä surmaajastakin. Edelleenkään ei tiedetty, että oli myös kannibaali asialla. Poliisi odotti uusia kidnappauksia, ihmisten katoamisia, saadakseen johtolankoja, jotain näyttöä katoamisista. Tai ehkä tekijä jäisi kiinni itse teossa.

Poliisivalvontaa lisättiin monella alueella, missä oli kadonnut ihmisiä, varsinkin luonnonpuistoissa. Missä kaikkialla? Aviadoc-luonnonpuistossa, Public garden -puistossa. New Yorkissa oli tehty katoamisilmoituksia. Mies siis kävi kaukaa. Oliko sama kidnappaaja ollut asialla? Vai oliko asialla useampia? Vaikeata tietää. Poliisi oli vaitonainen ja sanoi kadonneiden omaisille, että tutkitaan. Niin he tutkivatkin Cedarjärven ja ympäristön.

Kummallisia katoamisia oli tapahtunut viikkojen ja kuukasien ajan, eikä tekijöistä ollut tietoa, kunnes mies erehtyi menemään lähiöbaariin oluelle, jossa otti kaljaa ja humaltui. Yksi nainen tuli kiinnostuneena samaan pöytään. Ilta kului, he joivat melkoisesti ja nainen halusi mennä miehen kotiin. Sehän sopi miehelle, Rogerille. Niin he hoipertelivat miehen kotiin kävellen, matka oli sen verran lyhyt. He sammuivat miehen sängylle ja nukkuivat humalaansa pois. Mies heräsi yöllä ja nukutti naisen syvempään uneen, nainen houri unissaan. Roger oli vielä humalassa, kun kantoi naisen autotalliin, missä oli paremmat tilat tehdä naisesta selvää.

Roger tappoi naisen. Hän pisti kaulavaltimoon, otti astian ja antoi veren valua siihen, minkä jälkeen antoi naisen olla pöydällä, joka oli tehty sitä varten. Hän meni taloonsa nukkumaan ja jatkaisi paloittelua aamulla. Hän nukkui näkemättä unia minkäänlaisia. Seuraavana päivänä hän jatkoi hommiaan. Muut baarissa olleet tiesivät ulkonäöltä miehen, jonka mukaan nainen oli lähtenyt.

***

Taas katoaminen! Ihminen oli kadonnut, eikä tiedetty minne, kunnes baarissa olleet todistivat naisen olleen siellä ja menneen miehen mukaan. Poliisit kysyivät miehen tuntomerkkejä. Sitten poliisissa piirrettiin kuva miehestä, jonka eräs nainen kuvaili. Silminnäkijän mukaan miehellä oli ruskea takki ja ruskeat housut, keltainen paita sekä mustat kävelykengät, ei mitään uuden veroista. Nyt poliisilla oli vihdoinkin johtolanka, tietoa mahdollisesta kidnappaajasta, jonka kuvaa levitettiin kaikkialle. Naamakuvan perusteella voitiin etsiä miestä. Mahdollisia silminnäkijähavaintoja odotettiin. Nyt olisi kiristymässä rengas miehen ympärillä.

Oli vain ajan kysymys, milloin tulisi näköhavaintoja miehestä. Miehen liikkeistä pyydettiin ilmoittamaan poliisille.

Mies näki autostaan ilmoituksen, jossa oli hänen kuvansa piirrettynä, eikä hän uskaltanut mennä lähikauppaan tai baariin tai minnekään. Nyt loppu riippuisi silminnäkijähavainnoista ja poliisin tutkinnasta. Miehellä ei ollut rikosrekisteriä eikä poliisilla hänen sormenjälkiään, eikä ruumiita ollut löydetty, paitsi että luita alkoi ajautumaan Bostonin satamaan. Pääkalloja kellui veden pinnalla. Arvattiin, että ne saattoivat olla samaisen miehen tekosia, sen, joka nähtiin baarissa, koska nainen oli kadonnut mentyään hänen mukaansa.

Roger kävi Meksikossa asti ostamassa mitä tarvitsi. Hän uskoi, ettei häntä siellä tunnistettaisi. Mutta kyllä hän jäi epäilyksen alaiseksi käytyään eräällä huoltoasemalla. Omistaja otti rekisterinumeron ylös ja ilmoitti poliisille piirroksen näköisestä miehestä. Poliisit olivat tyytyväisiä asian nopeaan edistymiseen. Nyt oli kiinni jääminen päivänselvää. Niinpä maanteille laitettiin ratsiat joka suuntaan.

Roger huomasi ratsian ja poikkesi sivutielle, missä ei ollut ratsiaa. Hän ajoi lujaa kaasu pohjassa. Poliisit huomasivat auton, joka poikkesi sivutielle, lähtivät perään pillit soiden täyttä vauhtia kanssa. He saavuttivat pakettiautoa ja olivat varmoja saaliistaan. Nyt oli vain kuulutettava joka autolle, että epäilyttävä auto löytyi ja sillä oli rekisterinumero, jonka baarinpitäjä antoi. He ajoivat poliisiautoa minkä pystyivät ja tavoittivat pakettiauton. Niinpä he ajoivat perään kirjaimellisesti, ja pakettiauto tönäisystä joutui sivusuuntaan ja sammui. Poliisit kiirehtivät autolle, jota Roger yritti startata uudelleen. Poliisit kuitenkin kerkesivät autolle niin, että saivat Rogerin kiinni tarkastusta varten. He vertailivat piirroskuvaa Rogeriin ja totesivat: sama mies. He takavarikoivat pakettiauton, pidättivät Rogerin ja käskivät poliisiautoon.

Roger ei heti totellut. Poliisit laittoivat hänelle käsiraudat ja tuuppasivat autoon, sitten veivät Rogerin ja pakettiauton tutkittavaksi. Ottivat Rogerista mitat, valokuvan sekä sormenjäljet. Tutkija alkoi tutkia Rogeria, joka halusi asianajajan, joka saapuikin heti paikalle. Mutta kun Rogeria kuulusteltiin, hän ei myöntänyt tekojaan vaan kieltäytyi yhteistyöstä. Sitten tutkittiin ja katsottiin hänen kotinsa. Autotallista rikoslaboratorion väki löysi useat todisteet. Pakastin tutkittiin, ja sieltä löytyi ihmislihaa. Usean ihmisen lihaa löytyi pakastepusseista. Roger oli paitsi tappaja myös kannibaali. Kovimman luokan gangsteri, jonka teoille ei tuntunut löytyvän loppua. Olihan hän usean ihmisen tappanut ja pilkkonut usean kuukauden ajan.

Rikosteknikot tutkivat uhrien dna-näytteet, mistä koituisi pitkä rikosrekisteri Rogerille. Rikostutkijat vertailivat uhrien dna-näytteitä, Rogerin kotona olleita ja uhrien kotona olleita, ja ne täsmäsivät. Uhreja oli lukuisia. Kaikki tämä vei poliisien ja tutkijoiden aikaa monta kuukautta. Kaikissa uhreissa oli Rogerin sormenjäljet. Niinpä hän oli syyllinen ja odotti tuomiota. Kaiken toteen näyttämiseen menisi aikaa. Auto ja autotalli syynättiin – itse teot oli tehty autotallissa, minne Roger oli itse uhrit raahannut. Aina jäi joitain jälkiä, minkä erikoistutkija pystyi toteen näyttämään.

# 4. luku

Mies istui vankilassa ja odotti oikeudenkäyntiä epäiltynä kuudentoista ihmisen murhasta ja paloittelusta. Hänet tutkittiin ja todettiin täyttä ymmärrystä vailla olevaksi, vaikkakin olikin vain osittain syyntakeeton. Kuitenkaan hän ei täysin käsittänyt tekojensa vakavuutta, vaan kertoi syöneensä uhriensa sydämiä, aivoja ja maksaa sekä muuta pehmeätä kudosta.

Hänelle tarjottiin vankilaruokaa, jota hän söi vastentahtoisesti nälkäänsä. Kansan keskuuteen levisi huhu, että murhaaja oli jäänyt kiinni ja että hän oli syönyt ihmistä. Kansa oli kauhuissaan! Mies oli murhannut ja paloitellut uhrit sekä syönyt. Maalla ja kaupungissa pelättiin edelleen, vaikka murhaaja oli jäänyt kiinni. Pelko kouraisi ikävästi uhrien omaisia, jotka olivat menettäneet omaisensa. Olivatko he joutuneet kärsimään paljon, omaiset, jotka olivat uhreiksi joutuneet? Miten tällaista voi sattua?

Oli vaikeata uskoa, vielä sivistysvaltiossa, Bostonin kaupungissa. Ihmiset eivät uskaltaneet liikkua ulkona, vaikka tekijä oli jäänyt kiinni. Kaikkialla tehostettiin valvontaa, sekä vankilassa että muualla. Millään ei pystytty ymmärtämään tällaista. Ei mikään selitys auta. Omaiset olivat aivan lohduttomia.

Ihmeen helposti Roger jäi kiinni, vaikka tekoja kestikin melkein vuoden päivät. Poliisi ja ihmiset saivat olla tyytyväisiä. Ihmiset ja luomakunta rauhoittuivat, vaikka kaikessa tapahtuneessa olikin sulattelemista. Eivät eläimetkään olleet niin julmia kun Roger. Ihmiset miettivät kaikki tuomiota: mikä se olisi? Mikään elinkautinen ei riittäisi – kansa vaati kuolemantuomiota, samoin viranomaiset. Niinpä kysyttiin kuvernööriltä, jolta tuli kuolemantuomio. Niin päätettiin, vaan miten ja missä hänet tapettaisiin?

Hänet siirrettiin Albanyn piirivankilaan. Nyt olikin paha paikka vartijoille ja vangille. Painajaispaikka, missä hän istuisi ja odottaisi tuomiota, päätöstä, jonka hän jo tiesi ja jota ei ihmetellyt yhtään itsekään. Kaikki muut olivat tyytyväisiä kuolemantuomioon, jonka mies oli todella ansainnut. Päätettiin, että hänet teloitettaisiin ampumalla. Täytäntöönpano kesti monta kuukautta.

Loppujen lopuksi Rogerin tarina oli lyhyt: muutama silminnäkijä, ja hän oli kiinni.

Hänellä oli monta kuukautta aikaa pohtia tekosiaan. Hän ei osannut katua tekojaan yhtään. Muut vangit karttoivat häntä. Olihan hän jäänyt kiinni ihmisen syönnistä, ei mikään tavallinen teko. Pitkä aika vierähti, kunnes ihmiset ja lehdistö huokaisivat helpotuksesta. Poliisipiirit olivat helpottuneita saatuaan tietää kuolemantuomion täytäntöönpanosta.

Kuolemantuomio tulisi täytäntöön tuota pikaa, mikä ei sekään ollut hänelle tarpeeksi, ei kyllin riittävä kenenkään mielestä, vaan hän olisi tarvinnut samanlaisen joukkomurhaajan omalle kohdalleen. Ihmiset halusivat, että hänelle olisi tehty sama, minkä hän teki muille. Tietenkään oikeudenkäynti ei sellaista sallisi, kannibalismia, ei hänellekään. Hän oli syyllistynyt kannibalismiin, murhiin, joista hän oli tuomionsa saava. Siisti kuolemantuomio kuvernööriltä sekä korkeimmalta oikeudelta.

Nyt sitten oli täytäntöönpanon vuoro. Roger oli tyynen rauhallinen, vaikka tiesi pääsevänsä tuonpuoleiseen. Hänet teloitettaisiin. Samana aamuna hänelle tuotiin parempaa ruokaa kuin tavallisesti. Pappi kävi hänen luonaan antamassa synninpäästön. Pappi myös kysyi, katuiko Roger tekojaan, jotta voisi saada anteeksi. Mutta Roger ei ymmärtänyt tai tahtonut ymmärtää, että voisi saada synninpäästön. Ei tahdottu saada ketään pappia siihen tehtävään. Kaikki kavahtivat Rogeria, joka oli karmiva mies. Rogeria kavahtivat teloittajatkin, jotka seisoivat vankilan pihalla, että saisivat antaa armonlaukaukset pahantekijälle.

# 5. luku

Rogerilla oli huppu päässä. Hänet teloitettiin pihalla, jossa oli neljä ampujaa, jotka ampuivat samanaikaisesti. Hän lyyhistyi maahan, ja niin hän oli kuollut. Miehet kyllä osasivat asiansa. Niin oli Rogerin taival päättynyt rikollisena, joka ei osannut katua tekojaan. Sekään ei olisi auttanut häntä välttämään kuolemantuomiota. Hänet kannettiin pois, odottamaan hautaamista. Hänet vietiin hautuumaahan, jonne oli haudattu rikollisia.

Kuultuaan teloituksesta ihmiset olivat helpottuneita. Yksi todella paha mies oli poissa maailmasta. Poliisien kuukausien työ oli tuottanut tuloksia, osin ihmisten ansiosta. Omaiset tietenkin surivat ja hautasivat luut, jotka yksitellen ajan saatossa löytyivät joenrannasta, ja pitivät hiljaiset hautajaiset.

Luurankoja oli vaikka kuinka monta. Pääkalloja löytyi myös useita. Karmivia löytöjä tekivät ihmiset, ja niistä he ilmoittivat poliisille. Poliisi pyysi rikoslaboratorion väkeä korjaamaan luut ja pääkallot talteen. Kaikki vei aikaa. Sitä murhaajallakin tuntui olevan elossa ollessaan – aikaa kaiken tekemiseen, rikollisiin puuhiin, vaan nyt ei hänellä ollut aikaa eikä mahdollisuutta tehdä mitään. Hänen lorunsa oli loppunut, se päättyi niin kuin pitikin, teloitukseen. Onneksi saatiin joku päätös hirmuteoille.

Hyvä niin, kuolemantuomio oli lähinnä oikea tuomio, vaikka se ei ollut riittävä sekään, ihmisten mielestä. Hyvä kun saatiin paha pois maailmasta, niin sulkeutui sekin historian lehti. Tämä oli todella verinen ja epäinhimillinen rikos, ainoa laatuaan, pahin mahdollinen kohtalo, joka ihmisillä vain voi olla – ihmisillä, jotka joutuivat Rogerin uhriksi. Ihmiskunta ei kaivannut tällaisia hänenkaltaisiaan vaan rauhaa rakastavia, sopuisia ihmisiä, joilla oli hyvää sanottavaa naapureilleen. Lähimmäisilleen hyväntahtoisia ihmisiä.

Monet muuttivat käsityksiään lähimmäisistään. Kansalaisia kehotettiin piittaamaan lähimmäisistään. Pappi puhui, presidentti puhui, pahoitteli tapahtunutta omaisille. Rauhan ja rakkauden puolesta pidettiin kokouksia. Pappi puhui kirkossa pitkään, ihmisiä tyynnyteltiin uuteen uskoon ja huomiseen, joka monelle silti nousisi kauniina ja kirkkaana, huominen päivä. Siinä oli uskoa ja toivoa ja rakkautta, joten kannustettiin katsomaan tulevaisuuteen luottavaisin mielin, vaikka kansalaisten luottamus oli petetty. Silti monet pitivät lupauksesta paremmasta huomisesta, joka oli pian koittava kaikille, viimeistään ylösnousemuksen päivänä. Siihen oli uskominen ja toivominen.

Pelko ei kauaa hallinnut päällimmäisenä ihmismielessä. Luottamus toisiin ihmisiin kasvoi uudelleen ja vahvistui. Kaikesta huolimatta aika parantaa haavat. Niin tämäkin kannibalismi unohtui, vaikka oli ihmisten mieliin jäänytkin.


# Loppulause


Haluan kiittää kaikkia yleisesti. Kiitos mielenkiinnosta, tämä on tarina muiden joukossa. Tarinana se pitää ottaakin. On niitä, jotka uskaltavat lukea, niitäkin, jotka eivät uskalla lukea. Tarina ei ole niin yksityiskohtainen, että tekisi paljonkaan pahaa. Ethän tee perässä! Terveisin Helli Karimus, kirjan tekijä – uskallan tunnustaa!

# Jättiläisrotan tarina

# 1. luku

Kerran yhdessä kaupungissa ihmiset kulkivat töihinsä, ihan kuten useissa kaupungeissa. Koululaiset menivät kouluun kuka minnekin, autoilijat menivät autoilleen. Jalankulkijat jalan, pyöräilijät pyörineen, kuka mitenkin meni minne täytyikin mennä. Kun yhtäkkiä ilmestyi iso suu, suuret hampaat ja tassut, käpälät. Käpälät, jotka löivät ihmisiä ja rakennuksia nurin. Tämä otus oli todella suuri. Se aukaisi suunsa, joka oli suuren suuri, löi tassuillaan ihmisiä, jotka sitten otti käpäliinsä ja ahmi suuhunsa rouskuttaen. Ihmiset huusivat ketkä kerkesivät, mutta yllättävä painajainen oli totta.

Peto oli jättimäisen suuri hiiri, joka murskasi tassuillaan rakennuksia: kouluja, kauppoja, koteja. Löi tassuillaan ja söi suuhunsa kauhistuneita ihmisiä. Jotkut eivät kerenneet ääntä päästämään – mitä se olisi auttanutkaan, kun jo oli pedon suussa ja mahassa. Pakenemaan ei päässyt, koska hyökkäys oli täysin yllättävä. Sitten jotkut, jotka selvisivät joutumasta pedon suuhun, yrittivät soittaa poliisille, palokunnalle, hätänumeroon, mutta kaikki linjat kävivät kuumina soittajista. Ei auttanut muu kuin odottaa ja saada jostain tietää, mitä oli meneillään. Mistä eläin oli tullut? Oliko sillä suuntaa, minne se menisi? Missä se olisi seuraavaksi? Tiesikö kukaan?

Lopulta ihmiset eivät tienneet, minne soittaa, koska eläin se otus oli mutta jättiläismäisen suuri. Museot, koulut, virastot ja ruokapaikat tyhjenivät ihmisistä, koska suuren suuri hiiri söi heitä ja hajotti rakennuksia. Huhu kiersi, ja osa majoittui kellareihin toivoen siten välttävänsä varman kuoleman. Oli vaikeata löytää piilopaikkaa. Uutislähetyksetkin katkesivat monesta paikkaa. Ei tiedetty, miksi ohjelma katkesi, mutta peto oli vahingoittanut kaapeleita samalla kun hajotti lähetyskopin studion. Tieto eläimestä kerkesi uutisiin, mutta tiedon todenperäisyyttä epäiltiin. Monet ihmiset näkivät kuitenkin uutiset ennen kuin lähetys katkesi. Uutinen kuulosti uskomattomalta: ihmisiä kehotettiin väestönsuojiin mitä pikimmin, siellä varmimmin oli turvassa.

Kunnes tv-lähetys katkesi siihen, kun uutiskonttoriin saapui vikinää pitävä iso otus. Ihmeteltiin, mikä se oli. Siihen se jäi, se oli viimeinen lähetys siinä studiossa. Syntyi sekasortoa, paniikkia, pakokauhua, kaikkia tunteita mitä vain voi olla.

Monet ihmettelivät silti tarunomaista juttua, sen todenperäisyyttä epäillen. Kaikkialla kouluissa, kadulla, kaupoissa, kirkossa, kaikissa paikoissa. Metroissa ja busseissa huhu kiersi, junissa ja linja-autoissa huhu kerkesi kiertää. Moni koki matkansa pään ennen kuin kerkesi kellariin – oliko sielläkään turvassa? Mitään muuta paikkaa eivät toiset ihmiset keksineet. Kaikki oli maan tasalla: rakennukset, koulut, kaupat. Helinä vain kuului, kun jättiläishiiri särki paikkoja. Eri ääni lähti, kun kadut särkyivät, menivät kävelykunnottomiksi. Kodit särkyivät: hiirelle kelpasi mikä vain, missä oli lihaa, ja ihmisessähän sitä oli. Kukaan ei kokenut olevansa turvassa.

Vaan turvattomuus ja avuttomuus levisivät ihmisiin: kaikki olivat vaarassa, välittömässä vaarassa, kauhea oli kauhu ja paniikki. Huuto ja kirkuminen ja sadattelu kuului, jos pääsi karkuun. Monen matka päättyi kesken, mutta jättiläishiiri piti taukoa, niin ettei tiennyt, milloin se iski. Se söi kyllikseen ja joi joesta vettä, piti taukoa muutaman hetken ajan, kunnes aloitti taas uudelleen ihmisten syömisen. Teurastus jatkui, ahmiminen jatkui.

Koululaiset kiiruhtivat koteihinsa mutta sielläkään eivät olleet turvassa. Kukaan ei uskaltanut kauppaan tai minnekään: etsittiin vain suojaa, jota oli vaikeata saada. Väestönsuojasta haettiin lopulta suojaa, sinne olikin sulloutunut joka puolelta väkeä. Kohta hiirellä ei olisi mitä syödä, vai oliko? Luottiko joku hyvään onneensa ja liikkui yhä kadulla, vai oliko pelon aihe niin suuri, että se riitti pitämään ihmiset pois kaikkialta? — Paitsi väestönsuojasta, joka oli pomminkestävä. Kyllä kauhu oli todellista.

Osa päättäjistä suunnitteli sitten räjähteitä jättiläishiirtä vastaan. Mutta miten sen saisi kiinni ja räjäytettyä, miten saisi panokset laitettua, niin että osuisi hiireen? Hiiri oli niin suuri luonnon oikku, todella luonnon eriskummallisuuksia. Tavallinen pieni hiiri oli vaaraton. Mutta tämä oli mutanttihiiri, joka oli kasvanut tavallista isommaksi, moninkertaisesti.

Aluksi ihmeteltiin, mikä se oli, jos edes kerkesi hahmottamaan sen ja jäi eloon jokunen. Koska hiireltä se näytti, tosi suurelta, viiden rivitalon kokoiselta. Hiiri, jolla oli suuret hampaat, suuri suu, suuri maha, suuri etu- ja takapää ja hiiren pitkä häntä. Ei vain ensin osattu sanoa, mikä se oli ja miksi niin mammuttimainen. Miten se oli mahdollinen, ei voinut sen nähdessään uskoa todeksi. Oliko se mielikuvituksen tuotetta vai totta, monelle toteutui karmivalla tavalla. Mysteeri: saisiko ihmiskunta rauhan siltä? Vielä päästäisiinkö tutkimaan sitä? Niin isoja ansoja oli vaikea saada, saisi edes hidasteita.

Ihmiset eivät olleet turvassa niin kauan kun eläin liikkui ja napostellen söi ihmisiä. Miten saisi rakennettua tarpeeksi ison räjähteen tai useita isoja räjähteitä? Tiedemiehet ja asiantuntijat kokoontuivat halleissa, joissa suunniteltiin jättiläishiiren pään menoksi pommia. Sillä pommi sen täytyi olla, eikä hiireen tehoasi mikään tavallinen pommi.

Kävi niin, että tiedemiehet yöpyivät halleissa ja ruoka loppui heiltä. Olisi uskaliasta hakea ruokaa. Kaupasta voisi ottaa ilman maksua ruokia, jos uskalsi sinne asti. Kassoilla ei ollut ketään, ei myöskään muissa kaupoissa, koska hiiri, joksi he luulivat isoa eläintä, oli repinyt ja hajottanut seinät kaikkialta, missä oli rakennuksia. Se oli etsinyt syötävää.

Eivät uskaltaneet ihmiset työpaikoilleenkaan, virastoihin, lapset kouluihin. Missään ei ollut turvassa, lisäksi lumi hidasti liikkumista, jos liikkui. Lumi hidasti myös jättiläishiiren etenemistä, koska sitä oli usea metri. Oli harvinaisen luminen talvi, eivätkä ihmiset uskaltaneet tai päässeet minnekään.

Ihmiset kärsivät väestönsuojassa kaikenlaisesta: ahtaudesta, ilman puutteesta. Moni pyörtyi, kun oli niin ahdasta eikä ollut saanut moniin päiviin ruokaa. Nukkumisesta ei puhettakaan. Ihmiset olivat aivan sekaisin, kaikki ihmiset kaikkialla. Missään ei ollut sataprosenttisen turvassa. Ihmiset vähenivät kaduilta, koulusta, virastoista, kaupoista. Kukaan ei ajanut autoa, koska jättihiiri murskaisi sen tassullaan ja söisi autossakin olevat ihmiset.

Rakennukset hajosivat, vaikka olivat kiveä. Kuinkahan kauan niissä uskalsi pysytellä? Monen matka oli jo päättynyt hiiren suuhun, viimeinen matka. Riisuikohan hiiri ihmiset tassuillaan? Ei, vaan ahmi sellaisenaan.

***

Suunnittelijoilla, jotka suunnittelivat jättiläishiiren kaatamista, oli neuvot vähissä. Ajateltiin, että kaasulla olisi helppo tappaa hiiri, jos se nyt edes oli hiiri, vaikka siltä se vaikutti. Siinäpä pulma: Miten hiiren saisi kaasutettua kuoliaaksi? Miten saisi ihmiset evakuoitua kaupungista turvallisesti? New York oli tämä kaupunki, jossa kaikki tapahtui. Ajatus kaasuttamisesta hylättiin liian vaarallisena. Peto saisi evakuoitaessa saaliikseen lauman ihmisiä, siitä ei tulisi mitään.

Hiiri kaatoi mennessään taloja, kerrostaloja, sen ruokahalu oli loputon. Se söi myös kaatopaikoilta jätteitä. Inhottava otus ihmisten mielestä ja vaarallinen. Monet pelkäsivät pientäkin hiirtä kauheasti, saati isoa jättisuurta hiirtä, jonka tarkkaa kokoa oli vaikea tietää. Kukaan ei edelleenkään ollut turvassa siltä. Kaupungin räjähdeasiantuntijat harkitsivat kaikkia vaihtoehtoja. Mutta sellaiset konstit olivat vähäiset, joilla ei vaarannettaisi niitä ihmisiä, jotka olivat olemassa vielä.

Väestönsuoja oli vankkaa tekoa, ja hiiri koetti särkeä sitä mutta ei onnistunut. Väestönsuoja oli pomminkestävä, hyökkäyksenkestävä. Tv:stä ei tullut ohjelmia: oli häiriö, eikä lähetyksiä ollut kukaan lähettämässä. Kaikkialla kävi kato ihmisissä, lapset olivat liemessä kaiken kummallisen kanssa. Pienet lapset eivät käsittäneet ja isommat pitivät taruna koko jättiläishiirtä. Sitä se osin onkin: jättiläishiiri oli tosi ilkeä ja paha, kun se avasi suunsa ihmisiä syödäkseen. Sen hampaat ja kitalaki olivat täynnä sinne meneviä ihmisiä. Jättiläishiiri hienonsi ihmiset ja nielaisi mahaansa, niin ettei jäänyt edes vaatekertaa.

Kuvottavaa, jos joutui katselemaan ja jos joutuikin, taisi olla viimeinen näky, kun joutui pedon suuhun – sillä suurpeto se todella oli. Mistä lie syntynyt tai ilmestynyt?

Rakastavaisten kävi puistossa huonosti. He joutuivat jättihiiren kitaan, samoin muut sunnuntaikävelijät, koska kaikki eivät olleet kuulleet jättiläishiirestä, joka söi ihmisiä. Eivät siis tienneet. Kouluissa ei tiedetty, tieto ei ollut kantautunut vielä sinne. Olisivatko kaikki uskoneetkaan, niin uskomattomalta kuulosti koko tarina jättiläishiirestä. Moni ajatteli, että se oli vitsi, karkeata pilaa. Mutta ei ollut, vaan täyttä totta.

# 2. luku

Lapset olivat ruokatunnilla, kun seinät yhtäkkiä kaatuivat rytisten ja moni jäi alle. Ihmetellä kerkesi vain vähän, sitten suurpeto alkoi luokka luokalta hajottamaan seiniä ja ahmimaan ihmislapsia. Moni kerkesi ihmettelemään töminää, jonka se piti tullessaan, muttei tiennyt, mikä se oli. Myös opettajat menivät suupalana, kun eivät kerenneet turvaan kukaan. Kaaosta syntyi. Monet pelkäsivät niin, etteivät uskaltaneet paikaltaan poistua, vaan katsoivat vain, kun luokkatoverit ahmittiin suuhun.

Peto oli monen monen luokan kokoinen, ei mahtunut sisään, ennen kuin oli särkenyt seinät ja katot. Tilanne oli käsittämätön aikuiselle, saati sitten lapselle. Yhtäkkiä mielikuvituksellinen peto piiritti kaikkia luokkia. Lapsille, joiden mielikuvitus lentää, oli kaikki liikaa. Moni ei kestänytkään mielikuvituksellisen hirviön hyökkäyksiä vaan pyörtyi tai meni tajuttomaksi. Siitä suurpeto ne lapset poimi suuhunsa. Lapsen, jonka mielikuvitus on hauras, ohuen ohut. Kaikki oli liikaa. Jos selvisi, sai elinikäisiä traumoja – pedon ilmestyminen oli niin järkyttävää. Kerta kaikkiaan uskomaton juttu. Ei riittänyt mielikuvitus perässä, saati sitten mukana.

Sitten peto tömisteli läheiseen baariin, missä ei myöskään tiedetty. Ei käsitetty, että voisi heille sattua sellaista, ei tiedetty homman laajuutta. Minne he menisivätkään? Olisi pitänyt mennä väestönsuojaan. Moni heistä meni kellariin, missä vähäksi aikaa oli suoja. Mutta kun ihmiset olivat lähtemässä turvaan, peto tukki tien. Monet yrittivät takakautta ulos – sama se hiirelle, se oli tosiaan piirittänyt ihmiset ja pisti heidät poskeensa. Narske vain kuului, kun ihmisten luut murskaantuivat. Ihminen oli kun lintu ihmiselle, niin pieni otukselle.

Virastoissa ei keretty katsomaan televisiota, niin ettei kaikille yltänyt tieto pedosta, joka söi ihmisiä. Se kuulosti muutenkin vain jutulta, karmealta pilalta. Eivät kerta kaikkiaan kaikki sitä uskoneet todeksi. Kun juttu tuli radiosta, luultiin yleisesti, että se oli jännityskuunnelma, mitä se ei todellakaan ollut, vaan täyttä totta. Se tapahtui heidän kaupungissaan New Yorkissa aivan tavallisille ihmisille, oli parastaikaa tapahtumassa myös heille, eivätkä ihmiset kyenneet puolustautumaan.

Jokunen mies yritti ampua, mutta otus raapi luodit turkistaan pois. Tavallisin asein ei jättihiirelle mahtanut mitään. Virastossa pedon hyökätessä toiset yrittivät hissiin, toiset menivät pöydän alle. Mikään ei auttanut, vaan jättiotus ahmi yksitellen toimistovirkailijat suuhunsa. Sieltä harvemmin enää oli pelastusta.

Vaikka joillain oli joitain aseita, niin ne olivat pedon suussa todella pieniä. Eivät haitanneet pedon tahtia. Hissit eivät toimineet, otus oli rikkonut kai hissin kuljetukseen tarkoitetun koneiston ihan vahingossa – eihän se tiennyt, mitä vahinkoa aiheutti. Monet pääsivät portaita alakertaan ja siitä kadulle, mutta kadut olivat menneet halki tai muuten oli vaikeata edetä. Kuitenkin jos pääsi autolleen, oli ehkä pian turvassa, jos ajoi tuhatta ja sataa eivätkä hirviöltä loppuneet muut ihmiset.

Monen piti suunnata kotiin tai kouluun hakemaan lapset. Oliko jäljellä kotia tai koulua, jossa lapset yleensä olivat? Se oli katkera pala monelle, kun koti oli särjetty ja koulukin pirstana, lapsista ei tietoakaan. Joskus sentään säilyivät lapset, mistä sai kiittää luojaa ja kiireen vilkkaa ajaa kaupungista pois, pois jättihiiren tieltä.

Kaikkialla pelättiin, oliko viimeinen elinpäivä ja viimeiset hetket käsillä. Sitä ei aina saanut tietääkään. Lapset soittivat isilleen ja äideilleen, jos kykenivät: mitä tehdä? Kun he soittivat hätäkeskukseen, siellä sanottiin, että lähimpään väestönsuojaan piti mennä ja matkaan oli lähdettävä heti. Oli pidettävä kiirettä, ennen kuin peto kerkeisi omalle ja lasten kohdalle. Ihmisillä oli tosi hätä päästä lähtemään. Vanhemmat poimivat lapsensa ja suuntasivat lähimpään väestönsuojaan, missä olisivat turvassa.

Kaikki eivät olleet uuden tiedon ulottuvilla. Onneksi peto piti taukoja, jolloin voi hakea ruokaa väestönsuojaan, missä oli ahdasta ja haisi, oli vaikeata syödä. Oli tiedettävä, milloin eläin piti taukoa. Kiire oli kova kaikilla päästä turvaan väestösuojaan, joka toivon mukaan kestäisi pedon hyökkäyksiä.

Kaupungissa oli hyvin vähän ihmisiä missään. Jotkut uhkarohkeat uhmasivat kohtaloaan ja päätyivät pedon ruuaksi. Kukaan ei uskaltanut liikkua minnekään väestönsuojasta, josta oli vaikea päästä ulos. Se olisi myös vaarallista. Olot kävivät entistä ahtaammiksi, ihmisten oli vaikea olla siellä ahtautuneena – siellä olivat aikuiset ja lapset, sylivauvatkin, jotka tulivat vanhempiensa mukana. Ihmiset puhuivat keskenään paljonkin, mutta moni oli vielä niin peloissaan, että oli hiljaa. Kauhuissaan puhuttiin kuitenkin ihmetellen, mistä otus oli tullut. Miksi se oli niin iso, mistä se oli ilmestynyt ihmisten keskuuteen?

Kukaan ei osannut sanoa sitäkään, montako ihmistä hiiri oli jo syönyt. Sen ulosteesta tuli kaatopaikan kokoinen läjä, joka lemusi kauaksi. Poistuttuaan jättiläismäinen hiiri oli jätöksensä jättänyt. Siitä löytyi ihmisten luita, vaatteita, pirstana olivat luut. Sen kaamean hajun lisäksi koko kaupunki haisi hirviön oksennukselle. Iljettävä otus, siitä olivat samaa mieltä kaikki ihmiset. Oli saatava se pois, hengiltä. Se jatkoi matkaa kaupunginosasta toiseen.

Toisissa kaupungeissa oltiin kauhuissaan, pelättiin, milloin se tulee heidän kaupunkiinsa. Niinpä he etsivät sopivia suojakeinoja. He matkustivat kauemmaksi, niin etteivät olisi sen hirviön ulottuvilla. Toisissa maissakin pelättiin, ihmeteltiin, tapahtumia yritettiin näyttää televisiossa ja kertoa uutisissa, mutta New Yorkissa oli vaikeaa. Muualla oli sitäkin enemmän tiedotuksia New Yorkin tapahtumista. Muualla tiedettiin siitäkin syystä, koska jotkut onnistuivat pakenemaan New Yorkista ja kertoivat. Huhuja oli paljonkin liikkeellä. Mutta kun ihmiset kertoivat tapahtumista, uskoivat toiset kertojien liioitelleen tai laskevan leikkiä. Se oli niin mielikuvituksellista, mutta se kuitenkin oli totta.

Tulihan se sitten heidänkin tietoonsa naapurikaupungeissa. Uutisista saivat ainakin varmaa tietoa. Ei tiedetty, tulisiko hiiri heidän kaupunkiinsa. Sitä ei monikaan jäänyt odottamaan, vaan matkusti tosi kauaksi New Yorkista. Jos peto oli lähellä, ihmiset menivät väestönsuojaan turvaan keräten eväitä mukaansa, lisäksi kaupunki hankki väestönsuojaan ihmisille ruokaa ja juomaa sekä vessoja ja peittoja. Vaikkei vielä ollut hätää Connecticutin alueella, New Yorkin lähialueella. Myös New Jerseyssä valmistauduttiin pedon hyökkäyksiin. Toisaalta New York oli suuri kaupunki: väkiluku oli 8 401 079 ihmistä, siis tosi paljon.

Silloin, kun peto ei syönyt ihmisiä, toiset pääsivät autolleen ja kauaksi kauaksi – toisilla oli hyvä onni matkassa. Toisaalta autossakaan ei ollut turvassa, milloin pedolla oli nälkä ja milloin se liikkui tiellä päin, silloin oli vaarallista.

# 3. luku

Kerran eräs uhkarohkea tv-kuvaaja päätti saada kuvaa kauempaa otuksesta. Hän meni sinne, missä uskoi eläimen olevan, ja kuvasi otusta onnistuneesti. Kuva tuli suoraan tv-lähetykseen. Ihmiset olivat pöyristyneitä ja kauhuissaan. Mielikuvituksellinen olento tallentui kameraan. Tutkijat saivat myös tutkittavaa, koska tv-kuvaaja oli saanut kuvat kuonosta, suusta ja hampaista. Kuvien perusteella otus oli rotta eikä hiiri. Niin suuret hampaat, talttahampaat, rotan kuono. Oliko se ollut viemärissä ja kasvanut mammuttimaiseksi? Se oli varmaan syönyt kasvuhormonipitoisia aineita, muuta selitystä ei löydetty. Oli tullut ulos viemäristä, kun viemäri oli tullut ahtaaksi. Se se oli, jättirotta, melko varmaan oli jättirotta, ei kaukana ensi arviosta.

Miten sen saisi hengiltä, ihmisiä syömästä? Se kasvoi yhä syötyään ihmisiä ja jätteitä. Sillä oli pohjaton ruokahalu – voi varjelkoon, jos sen tielle osui. Kun se oli nälkäinen, se oli menoa se. Ihmiset, jotka olivat jääneet henkiin, olivat varovaisia, varoittivat muitakin. Kertoivat, että eläin oli todellinen. Sekä naapurikunnissa että New Yorkissa riitti asukkaita silti, vaikka peto osan söikin.

Peto käveli täydellä vatsalla, maaseudulle mennä tassutteli. Nukkui missä mahtui, ei oikein sopinut mihinkään. Kuitenkin metsässä kuuset olivat pieniä sille, niinpä se kaatoi niitä, ja nukkumapaikka oli valmis. Sen askeleet kuuluivat kauaksi. Töminä vain kuului. Kuulosti ihan maanjäristykseltä.

Maaseudun ihmiset ryntäsivät pakoon, mahdollisimman kauaksi autolla. Muulla pelillä ei kyennyt karkuun eläintä, joka tutkijoiden mielestä oli jätteillä lihonut rotta. Todennäköisesti näin, muitakin mahdollisuuksia pohdittiin.

Aamulla eläin meni eläinsuojaan ja söi lehmiä, lampaita, sikoja ja possuja. Etsi vielä ihmisiä taloista, mutta ihmiset olivat tienneet paeta otusta. Siellä maalla oli yksi rakenteilla oleva talo, jonka eläin särki maan tasalle. Huvikseenko se särki taloja, omistajien suureksi murheeksi? Monet olivat ihmetelleet töminää ja kuultuaan otuksesta tiesivät lähteä pakoon. He pelkäsivät, että tie sortuu ja ei pääsisi minnekään.

Jos peto kävi jossain silloin kun kävi, siellä oli monesti vähän ihmisten verta, jota tutkijat tutkivat. Siitä ei tosin voitu päätellä paljon mitään. Sen dna ei sopinut tavallisten rottien dna:n kanssa – tai hiirten tai ihmisen tai minkään aikaisemmin tavatun eläimen dna:n kanssa. Sillä oli ihan oma dna:nsa. Tutkimuksia jatkettiin – oliko noin suureksi mahdollista kasvaa laboratoriossa? Oli jonkin verran kasvun mahdollisuutta, muttei noin suureksi kuin tämä jätteistä lihonut ilmiö, suurpeto rotta.

Peto nukkui maaseudulla ja jätti jälkeensä kaadetun metsän. Useilta hehtaareilta. Onneksi se nukkui. Sen kuorsaus kuului kaupunkiin asti ja pitemmälle. Kovaa pihinää pitäen ja väliin vetäen henkeä se nukkui, eikä kukaan uskaltanut olla kuitenkaan monen kilometrin säteelläkään.

Eläin oli eriskummallinen peto, ammoin sukupuuttoon kuolleen eläimen kokoinen, esihistoriallisen suuri. Mistä lie viemäristä, mitä lie nauttineena, se kasvoi niin suureksi, että sanat ja mitat eivät riitä kertomaan siitä. Kaikki matkat se taittoi nopeasti, koska sillä oli niin isot tassut, ja oli siksi myös vaarallisempi, kun oli niin nopea siirtymään paikasta toiseen. Jonkin verran etenemistä rajoitti kuitenkin iso koko. Otus oli painavakin, miljoona tonnia varmaan, ennenkuulumatonta ja -näkemätöntä. Kukaan ei halunnut kokea eläimen kohtaamista, paitsi ne, jotka eivät uskoneet eivätkä olleet nähneet otusta. Kaikki pelkäsivät, kukaan ei ollut turvassa. Maassa julistettiin hätätila.

# 4. luku

Valtio lupasi isot palkkiot sille, joka keksi, miten eläin saataisiin tuhotuksi. Se olisi iso työ. Tiedemiehet laittoivat viisaat päänsä yhteen, päät, jotka olivat tallella. Moni tiedemies oli joutunut pedon kitaan – peto ei katsonut titteliä, kun ahmi ihmisiä. Olisi tyytynyt jätteisiin niin kuin tavalliset rotat! Eläin ei katsonut sukupuolta, ikää tai sitä, oliko tumma vai vaalea. Peto pysäytti metron ja odotti, että ihmiset tulisivat ulos, mutta ihmiset jäivät metroon, kun eivät tietenkään uskaltaneet käydä suoraan pedon suuhun. Kuitenkin ovien auettua rotta kahmi ihmisiä suuhunsa, jättirotta. Liikenne pysähtyi, kaikki liikenne, kukaan ei uskaltanut mennä minnekään. Peto piti otteessaan ihmisiä. Sen kuuli jostain, että peto oli taas käynyt. Se ja se tuttava kadonnut, todennäköisesti pedon suuhun. Eräänkin tytön poikaystävä oli joutunut pedon kitaan, ja tyttö itki lohduttomasti. Hän oli kyllä itsekin vaarassa.

Siellä oli monta tarinaa kerrottavana monella. Muistot usein jäivät, jos nekään. Peto oli tummanruskea: turkki, korvat, häntä. Maha, selkä ja takapuoli sekä kauhea kuono ja viiksikarvat, joilla se aisti ihmisen. Kamalat tassut, joilla teki selvää isommistakin kohteista kuin ihminen. Jättirotta ei vierastanut baarien tarjontaakaan vaan käytti hyväkseen kaikkia ja kaikkea. Toisinaan ihmisillä oli niin nälkä, että menivät baariin syömään mutta päätyivätkin syödyiksi, pedon kitaan. Baarissa se murskasi ihmisiä alleen ja kaivoi altaan ja söi liiskaantuneet ihmiset. Kauhu oli käsin kosketeltavaa, mutta oli myöhäistä, ihmiset olivat ruokana.

Luulisi rotan tyytyvän jätteisiin, mutta ei, ihmisiä se ahmi niin paljon kun sai. Tämä rotta oli kasvanut mammutiksi ja vaati ruokaa, joka oli ihmisen lihaa.

Se söi pikkulapsia, isoja lapsia, aikuisia miehiä ja naisia, eläimiä. Oli kuin kaikkiruokainen, kummallista, sitä ei voinut kukaan käsittää edes pahimmassa mielikuvituksessa tai unessa. Mistähän se tuli ihmistä syömään? Oliko kasvanut viemärissä? Ja nälkä kasvanut syödessä niin, ettei enää mahdu viemäriin, jätteet eivät riitä. Se herätti kauhua kerrakseen. Jättiläisrotta se oli eikä hiiri, totesivat tiedemiehet.

Naapurivaltioissa tiedettiin pedosta, kuten kaikkialla maailmassa. Luonnollisesti kaikki pelkäsivät, että peto tulisi heidän alueelleen. Niin kauan kun ihmisiä riitti New Yorkissa, jättirotta pysyi yhdessä kaupungissa. Ihmiset ihmettelivät, miten se juuri heidän kaupunkiinsa oli ilmestynyt. Sillä ei ollut kiire minnekään, ja lääniä riittäisi. Tietysti lähikaupungit olivat vaarassa saada saman kohtalon − kohdata jättiläisrotan. Vielä ei ollut sellaista vaaraa, toistaiseksi. Toisaalta ihmiset etsivät turvapaikkaa kauempaa pohjoisesta. Ainahan oli vaara joutua eläimen uhriksi, samoin New Yorkista lähdettiin yöllä, kun uskottiin eläimen nukkuvan jossain metsissä, mikä piti paikkansa.

Kun ajettiin pois kaupungista, ajomatkasta tuli usein pitkä. Tiet olivat osin eläimen rikkomia, kun se taivalsi pikatiellä ja murskasi autoja, jotka olivat täydessä vauhdissa, ja poimi ihmisiä autoista syödäkseen. Autoissa olevien ihmisten viimeinen katse oli paljon puhuva: silmät levällään kauhusta ja paniikista, joka oli sanoinkuvaamaton. Toiset yrittivät autosta ulos ja karkuun mutta joutuivat vain pedon odottavaan kitaan. Myöhemmin tulevista autoista nähtiin vain edellä olevia murskattuja autoja, lyttyyn lyötyjä autoja, mikä oli lohduton näky. Pelottava ja masentava. Autoissa matkaavat ihmiset arvasivat pedon käyneen. Noin voi käydä kelle vain: eläin ei sen tarkemmin valinnut uhrejaan, vaan kenet vain näki tai haistoi tai sai kiinni, se popsi kuin ihminen keksin.

Ihmiset olivat pedon ruokana. Olisi tyytynyt eläimiin – ei, vaan ihmiset ja eläimet menivät samalla lailla. Se söi suuren suureen suuhunsa ja nieli suuren suureen jättimahaansa. Se tosiaan nautti ihmisten syönnistä. Sen tunsi siitä, kun se nautti kuin karkin ihmisen, jolla ei ollut mitään mahdollisuuksia. Se katseli silmät tarkkana kääntyen puolelta toiselle.

Oli julman näköinen jättiläissiimahäntä. Häntäkin oli puoli kilometriä pitkä. Olivatko ihmiset sitä varten? Eivät todellakaan, mutta rotta piti ihmisiä ruokanaan. Rotta oli tottunut ihmisen syöntiin, eikä se lopettaisi ennen kuin kuolisi. Sen ei tarvinnut kypsentää ihmisiä, niin kuin ihminen teki lihalle: keitti tai paistoi. Eihän ihminen syönyt kyllä toista ihmistä. Rotta ahmi raakana ihmisiä, jotka muuttuivat ruuaksi, kun eläin otti heidät käpäliinsä ja hampaisiinsa.

Eläimen ulosteen mukana tuli joitain vaatteen kappaleita. Kai se olisi repinyt vaatteet pois, jos olisi tajunnut. Mutta ei, vaan sellaisenaan pureskeli ihmisiä, joiden kohtalona oli joutua pedon suuhun ja mahaan. Varmaan ihmiset tunsivat kipua, kun inhottava eläin alkoi pureskelemaan ihmistä, rouskuttelemaan luita, mutta kivut lakkasivat, kun kuolema seurasi pureskelua ja nielemistä.

Koko maailma on myös kivoja yllätyksiä täynnä. Ei tiedä, vaikka vanhemmat veisivät lapset huvipuistoon.

# 5. luku

Ei tiedä, vaikka törmäisi jättirottaan, minkä jälkeen onkin viimeinen päivä, viimeinen näky. Eikö pedolle tullut mahanpuruja tai nielemisvaikeuksia? Se oli niin suuri, viiden kerrostalon kokoinen, ettei ihminen ollut kuin suupala. Yhdestä ihmisestä sen nälkä ei lähtenyt, toisinaan se kyllä oksensi ruokailtuaan. Sen nieluun oli jäänyt jotain, mikä ei mennyt alas, kuten kumisaappaita tai muuta.

Tiedemiehet yrittivät yhä keksiä konsteja jättiläisrotan kukistamiseksi. Kuten sellaista, että ihmiset voitelisivat itsensä tervalla: ehkä ihminen ei sitten kelvannut ruuaksi. Kokeiltiin kaikenlaista, monia eri aineita testattiin tavallisilla rotilla laboratoriossa. Tervaan kasteltiin lihaa ja kokeiltiin, söisikö rotta sitä. Ei todellakaan: otti suuhunsa ja sylki pois. Oli ehkä keksitty aine, jota voitelemalla vältyttäisiin joutumasta rotan ruuaksi. Uhkarohkeaa se oli, mutta jonkun oli kokeiltava sitä itse suurpetoon. Etsittiin vapaaehtoisia, niinpä eräs tiedemies halusi kokeilla silläkin uhalla, että menisi henki, kokeella kun kuitenkin voitaisiin onnistua pelastamaan ihmishenkiä. Niinpä mies voideltiin tervalla ja hän meni aukiolle, jonne tiesi jättirotan tulevan ennen pitkää.

Oli talvi ja miehellä oli kylmä. Niin rotta saapuikin. Muut ihmiset oli evakuoitu väestönsuojiin eri kaupunginosissa. Rotta saapui tömistellen aukiolle, etsi ruokaa ja nuuhki ilmaa. Terva on hyvän hajuista, tehty puusta kai. Mies oli voideltu ympäriinsä tervalla, paitsi silmät ja suu. Hän oli muina miehinä vähän peläten. Jättijyrsijä otti miehen suuhunsa, maistoi kielellään ja sylkäisi miehen ulos. Se oli siis tepsinyt. Ihmiset kuulivat, että terva oli tepsinyt jyrsijään. Ihmiset jonottivat kauppoihin, jos niissä nyt oli myyjiäkään. Myös yöllä he ottivat tervaa purkeittain kotiin vietäväksi. Sillä aikaa kun peto nukkui, tervalla voi valella itsensä, jos on tarvis.

Tarve olikin kova. Terva loppui, kun ihmiset hakivat kilvan sitä. Toiset matkustivat toiseen kaupunkiin hakemaan tervaa. Saisiko tervalla loppumaan pedon hyökkäykset, oli vielä kysymysmerkki. Aina täytyi uskoa kuitenkin ihmeisiin, jotain oli keksittävä ja pian. Mutta tuli takaisku: peto oppi kuorimaan ihmisten vaatteet, jotka olivat tervassa. Mitään ei asialle voinut tehdä, ihmiset pettyivät pahan kerran. Paitsi että hyökkäys viivästyisi, syönti hidastuisi pedolta – ehkä osa kerkeisi paikalta pois, kun eläin kuori ihmisiä. Toisaalta se oli nopea oppimaan: se tappoi käpälällään useamman ihmisen, sitten vasta kuori heidät vaatteista. Pedon päivälliseksi jos joutui, se oli loppu se.

Eläin tuli myös immuuniksi tervalle, eikä sitä enää kannattanut laittaa. Hyödyttömänä eläin aivasteli ja irvisti, paljasti kamalat isot talttahampaansa mutta jatkoi tappamista kuitenkin.

Tiedemiehet koettivat keksiä keinoa, jolla nujertaa eläin. Ensimmäisen kokeen epäonnistuttua jatkettaisiin kokeita jollain muulla keinolla. Ansojakin voisi laittaa eläimen nukkuessa, sellaisia ansoja, joita se ei näe eikä kykenisi väistämään. Mutta vaikeus oli toteutuksessa: kuinka se tehtäisiin? Mistä aineesta, langastako? Läpinäkyvästä langasta, langasta, joka pysäyttäisi eläimen ja lopulta räjäyttäisi sen. Oliko huono idea? Ei oltu varmoja, voisiko aukiolle saada näkymättömän langan, jota eläin ei näe. Vaarana oli vain se, että ihmiset voisivat itse joutua siihen ansaan. Ansa voisi räjähtää muutenkin ja puoli kaupunkia olla tuusan nuuskana, myös ihmiset. Tosin kaupunki oli jo osin hajalla. Eläin oli hajottanut tiet sekä rakennukset maan tasalle, ne olivat kuin jonkin valtavan kaivinkoneen jäljiltä.

Tiedemiehet pohtivat keskenään mahdollisuutta eläimen räjäyttämiseksi. Miten sen langan saisi laitettua vaarantamatta ketään? Oliko suunnitelma tuhoon tuomittu? Se oli liian vaarallinen ja liian vaikea toteuttaa. Rotta ei kyllä näkisi lankaa, eivätkä ihmiset. Suunnitelma oli liian vaikea toteuttaa. Miten rotta näkisi, jos käyttäisi silmälaseja, mikä oli epätodennäköistä? Pienemmillä rotilla oli aika huono näkö, hyvä hajuaisti. Silmät olivat ulkonevat ja sijaitsivat kuonon ja pään sivuilla.

Sitten tiedemiehet laittoivat rotanpyydystäjät viemään toriaukiolle rotan syötäväksi lihaa, johon oli lisätty rotanmyrkkyä ruiskuttamalla sitä lihan sisään. Sen syötyään rotta kaatuikin ja oli pari tuntia tainnoksissa. Mutta se oli elossa, eikä kukaan uskaltanut mennä katsomaan otusta lähempää, eivät edes tiedemiehet. Parin tunnin jälkeen eläin oli jalkeilla taas mutta pökerryksissä. Tappava myrkky ei riittänyt: sitä oli liian vähän, eikä se riittänyt tappamaan eläintä. Laitettiin uudemman kerran syötti ja siihen laitettiin kuolettavaa myrkkyä paljon enemmän. Mutta eläin ei koskenut siihen, haistoi vain, ei koskenut. Oliko se oppinut ensimmäisestä kerrasta, ettei kannattanut kaikkeen lihaan koskea? Sen sijaan se pyydysti jättitassuillan ihmisiä, joissa ei ollut myrkkyä. Haistettuaan heitä se otti heidät kiinni jos sai ja söi suureen kitaansa ja jättimahaansa.

Eläin oli viisas ja oppivainen. Se ei koskenut kahta kertaa syöttiin, vaikka liha oli hyvää ja aine ruiskutettu syvälle lihaan. Syötti oli niin iso, että se piti nostolaitteen kanssa laittaa paikoilleen aukiolle yöaikaan. Haistoiko eläin myrkyn vai mitä? Koetettiin kuitenkin laittaa hajusteeton myrkky, mutta eläin haistoi sen silti. Tajusiko se, ettei se ollut ihmisten suosiossa vaan epäsuosiossa? Eläimethän vaistosivat asioita. Oliko näin isolla rotalla tavallisen rotan aistit ja vaistot – ehkä.

Inhokki oli ihmisille pelon ja kauhun aikaansaaja, tuli ihmisten uniin painajaisena. Ehkei se tiennyt, vaikka ihmiset huusivat ja kirkuivat sen ympärillä, kun se oli pyydystämässä heitä. Harvoin se joutui nälkäisenä olemaan. Se söi myös muita eläimiä, koiria kuitenkin etupäässä.

Ihmisten lemmikit eivät päässeet ulos, ja jos ne karkasivat, olivat tuhoon tuomittuja.

Eläin vaihtoi väliin kaupunginosaa, niin ettei pysynyt yhdessä paikassa koko aikaa vaan vaihtoi paikkaa, missä pyydystää ihmisiä. Äkkiä tuollainen iso eläin vaihtoi paikkaa. Jättirotta taittoi matkan kuin matkan nopeasti. Ihmiset olivat hädissään ja yllätettyjä, niin nopeasti se vaihtoi paikkaa. Ihmiset olivat yllättyneitä, vaikka olivat kuulleet jättirotasta. Silti he yllättyivät sen nähdessään eivätkä osanneet arvata, että se tulisi omalle kohdalle. Kauhea yllätys odotti niitä, jotka olivat kerrostaloissa tai ulkona, vaikka vain koiraa ulkoiluttamassa. Molemmat joutuivat pedon suuhun, peto oli kaikkiruokainen.

Hälytyspillit soivat koko kaupungissa. Ihmiset riensivät väestönsuojaan turvaa hakien, mikä oli viisaasti tehty. Vielä kuulutettiin vaarasta, jättirotasta, joka söi ihmisiä. Oli syytä mennä turvaan väestönsuojaan, joka ehkä kestäisi pedon hyökkäyksiä. Niitä varmaan tulisi, jos ihmisiä ei ollut muualla. Oliko heitä muualla? Ei paljonkaan.

# 6. luku

Rotta aiheutti kauhua kaikkialla, kaaosta ja paniikkia, minne alueelle menikin. Osa piti jännittävänäkin, vaikka tiesi, että eläin oli vaarallinen, minne menikin. Ei ollut turvallista lähestyä eläintä mistään päin. Silti jotkut olivat uteliaita, kauhunsekaisin tuntein, jos eläin oli edes todellinen. Toiset eivät piitanneet huhupuheista vaan menivät ulos muina miehinä, uskomatta koko juttua eläimestä. Yllätys oli karmiva, kun eläin olikin todellinen. Silloin oli myöhäistä. Kaikki, mitä he näkivät, oli jättirotan kammottava suu ja kuono, kun se työntyi lähelle ja kohti. Pakoon ei enää päässyt: pedon suu nielaisi heidät kertaheitolla. Ei kerennyt katumaan uhkarohkeuttaan. Olivathan huhupuheet usein liioiteltuja, mutta tässä tapauksessa jättirotasta ei ollut varoitettu edes tarpeeksi. Tai sitten uhri ei ollut ollut tiedon ulottuvilla eikä hänelle jostain syystä ollut tarpeeksi kerrottu pedosta, joka söi ihmisiä.

Kun peto söi ensimmäiset uhrinsa, usea ihminen jäi kerralla ansaan sen käpälien ja suuren mahan alle. Se oli menoa se, paluuta elävien kirjoihin ei ollut. Rukoukset tai manaamiset eivät auttaneet: kohtalo oli kova ja armoton, pedon kohtaamisesta hengissä ei säilynyt kukaan, ei ihminen eikä eläin.

Väliin eläin meni nukkumaan metsään, jonne raivasi tilaa kaatamalla puita, raivaamalla tilan itselleen sopivaksi. Maalaiset joutuivat sietämään sitä ja kuolemanpelkoa, mikä oli todellista painajaista. Ihmiset lähtivät autoillen muualle, jos kerkesivät. Taloja kaatamalla jätti otti ihmisiä ruuakseen. Ei auttanut vaikka meni navettaan, hetkessä sekin oli rikottu. Kuolema vain viivästyi, tuli silti myös eläimille. Lehmät ammuivat hädissään, siat röhkivät vimmatusti nähdessään otuksen pään ja kuonon. Meteli oli tosi kova. Joku voisi pelästyä sellaista, muttei jättirotta. Ei auttanut meteli – iso eläin ei pelännyt mitään, eikä sillä ollut syytäkään pelätä. Varsinkaan itseään paljon pienempiä eläimiä sillä ei ollut syytä pelätä.

Eläin nuuhki vain nälkäisenä paikkoja, karsinoita, jotka olivat hajalla. Eläimet juoksivat karkuun, kun ei seiniäkään enää ollut. Ne oli rikkonut otus, jättirotta, joka sai eläimet pyydystettyä helposti – olihan se moninkertaisesti suurempi, hyvä kun sopi mihinkään maaseudulla. Se ei sopinutkaan yhteen paikkaan vaan valloitti koko maaseudun, joka oli tosi iso sekin. Se oli viiden kerrostalon kokoinen ja levyinen, ei mikään pikkujättiläinen, vaan suuri ja mahtava kaikkivoipa. Siihen ei pyssy tehonnut, teki vain pienen naarmun turkkiin, kun isäntä ampui eläintä kohti. Monta kertaa kerkesi ampua eläintä, joka oli ruma ja kauhea. Eläin pyydysti helposti isännän, ja emäntä näki sen. Lapsia jos oli taloissa, he yrittivät komeroon ja kellariin turvaan, sängyn alle, mihin vain pois pedon ulottuvilta. Mutta olivatko he turvassa? Eivät olleet, lasten kävi samoin kuin aikuisten. Suuren suuret jalanjäljet näkyivät siellä, missä se oli käynyt. Eläin teki tuhojaan kaikkialla, minne eteni. Mikään tavallinen ase ei tepsinyt supereläimeen, jättiläisrottaan, jota hiireksi ensin luultiin. Sillä oli omat matkansa, omat metkunsa, joista ihminen ei ollut perillä aina.

Eläin yritti selvitä nälästä ihmisiä syömällä. Se eteni ainakin auton nopeudella, siksi se oli niin arvaamaton. Ei tiedetty tarkkaan, missä se milloinkin eteni, huhut tulivat perästä päin. Auton oli silti turha kilpailla vauhdista, koska peto sai poikkeuksetta autot kiinni ja söi niissä olijat. Ihmiset olivat nujertuneita kerta kaikkiaan.

# 7. luku

Tiedemiehet lähestyvät ongelmaa monelta eri puolelta, tulematta sopuun ja loppuratkaisuun. Eläin sai mellestää rauhassa.

Niin kauan kuin keksittäisiin, mitä tehdä, ihmiset olivat vihaisia viranomaisille. He kysyivät, miksei eläintä saatu vaarattomaksi ja hengiltä. Eivätkä ihmiset syyttä olleet vihaisia – mitään ei ollut saatu aikaan, pari ansaa vain. Mutta viranomaiset lupasivat pian ratkaisua asiaan, joka oli polttavan kiireinen hoidettavaksi. Sitten viritettiin ansa, ohut lanka laitettiin aukion poikki, että eläin menisi siihen. Siihen jouduttuaan matka katkeaisi.

Ihmisiä kiellettiin menemästä ollenkaan aukiolle. Sinne ei saanut mennä yöllä eikä päivällä. Kaiuttimista kuulutettiin ansasta. Oli lunta ja liukasta, ja toivoa sopi, että eläin tulee ja jää ansaan kiinni. Niinpä eläin tuli ja oli ylittämässä aukiota, kun osui ansaan, joka laukesi. Eläin jäi kiinni – kovalla paineella laukeava ansalanka oli eläimen rinnan kohdalla ja poltti turkin alla olevaa nahkaa. Nyt eläimeltä saattoi odottaa mitä vain. Se murisi kuin koira, vinkui ja päästeli erilaisia ääniä.

Se oli kiinni myös tassuistaan, mutta lähelle sitä ei uskallettu mennä. Sillä oli takajalat vapaina, ja niillä se voisi potkia. Se tuntuisi pahemmalta kun hevoslauman potkut. Ihmisistä ei jäisi mitään jälkeen. Niinpä aukion toisesta laidasta ammuttiin nukutusnuoli, ja siitä eläin parahti. Neula oli oikea tykki, niin iso, mutta eläin ei nukahtanut. Oli lisättävä ampullien määrää. Mutta ennalta arvaamaton eläin pääsi ansalangasta pois. Haavoittuneena se oli nyt vihainen ihmisille ja vaarallisempi kuin koskaan. Se sähisi ja raivosi minkä kerkesi, sitten se vähitellen rauhoittui nukutusaineen ansiosta, mutta ei nukahtanut.

Sitä kuitenkin nukutti, ja se hortoili maaseudulle, metsiin nukkumaan, koska oli väsynyt, haavoittunut ja nälkäinen. Sillä oli jälkiä rinnan kohdalla. Veri tihkui niistä, ja se nuoli haavojaan, jotka se oli saanut ansalangan lauettua. Se koki turvattomuutta, niin kuin pienempikin eläin vaaran uhatessa sitä. Se tunsi itsensä erittäin uhatuksi, olihan se melkein jäänyt ansaan kiinni. Vaara vaani sitä ja se vaistosi sen. Ihmiset olivat sille olleet syötävää, eivät uhka, eivät pyydystäjiä. Se itse oli pyydystäjä ja koki ensi kertaa uhkaa ihmisen puolelta, minkä se ymmärsi. Ei se arvannut, että ihmisten pyydystämisestä voisi jäädä kiinni.

Ihmisten oli turha laittaa ansalankaa uudestaan, sillä eläin oli oppinut yhdestä vahingosta. Ennen ei ollut sellaista vaaraa ollut. Nyt oli, peto oli hämmentynyt ja varuillaan. Ihminen ei ollut enää pelkkä ruoka vaan pyydystäjäkin, jahtasi petoa, sen se käsitti. Pedon nukuttua ja tömisteltyä talojen luo ihmiset olivat paenneet taloistaan pois. Jättirotta askelsi neljällä jalallaan tiehensä, toiselle paikkakunnalle. Siellä osattiinkin odottaa sitä. Ihmiset pakenivat kellareihin ja väestönsuojiin minkä kerkesivät. Joka jäi paikoilleen, oli tuhon oma, mutta sellaisia ihmisiä oli vähän. Oli niitäkin, jotka uhmasivat kohtaloa huonoin seurauksin.

Jättirotan takatassujen väli oli 500 metriä, se itse oli monta sataa metriä pitkä. Sen lisäksi se oli syönyt viemäreissä kasvua lisääviä ruoka- ja lääkeaineita sekä eläinten jätöksiä, joissa oli kasvuhormoneja, mikä takasi sellaisen kasvun. Kaiken lisäksi rotta levitti tauteja. Ihmisiä sairastui, epidemia oli tullut kaupunkiin ja myös maaseudulle. Siellä, missä rotta liikkui, ei tosin ollut montakaan eloon jäänyttä. Jokin bakteeri jylläsi tai virus, tiedemiehet tutkivat niitä ja sairastuivat itse. Moni joutui vuodepotilaaksi.

Tautia tutkittiin, että saataisiin siihen lääkettä, eikä tiedetty, mikä virus tai bakteeri jylläsi ihmisissä. Tautia tutkittiin, mutta todennäköisesti rotta sai sen kun kävi jätekasoissa. Se levitti joitain bakteereja ja viruksia, roskista saatuja. Tiedemiehet tutkivat minkä kykenivät, mutta tauti oli immuuni tavallisille antibiooteille. Ihmisiin tuli jotain ihottumaa, joka kutisi, ja se oli hermoja raastava kutina.

Jättirotta vähensi ihmiskantaa, ihmismäärää. Vielä ei tiedetty, paljonko oli ihmisiä menetetty pedon suuhun saaliiksi. Ei kerta kaikkiaan pystytty laskemaan ja tilastoimaan, mikä johtui jokapäiväisestä ahdingosta. Vaara uhkasi myös tutkijoita.

Rotta aivasteli niin, että puut kaatuivat lakoon sen ympärillä, ne, jotka vielä olivat pystyssä. Kukaan ei ollut niistämässä sen kuonoa, kun se pärski järven kokoisia räkäpalloja. Hyi olkoon! Ihmiset eivät päässeet väistämään räkää, joka levisi isolle alueelle.

Jättirotta nukkui metsässä kolme vuorokautta nousematta ylös. Kun se parani, ihmiset ihmettelivät, missä se oli ollut, kunnes kuulivat, että se oli varmaan ollut kuumeessa ja aivastellut kipeänä. Ihmiset olivat tyytyväisiä, keitä nyt oli vielä tallella. New Yorkin kokoisessa kaupungissa piisasi ihmisiä.

Rotta saapui kaupungin keskustaan tömistellen maata allaan ja ympäristössään. Osa ihmisistä oli jo muuttanut pois muualle. Kaupungissa se jahtasi ihmisiä, jotka siellä olivat vielä eivätkä päässeet muuttamaan muualle. Kukaan ei uskaltanut juniin tai autoihin, osa silti lähti sillä aikaa, kun peto oli sairaana. Osa ihmisistä haki ruokaa ja juomaa ja oli sulloutunut väestönsuojaan. Hätäkuulutus kuului kaupungissa ulkoa sisälle asti: suurpeto oli taas keskuudessamme. Ihmiset kuulivat sen askeleet, kuin maanvyöry tai kova ukkonen. Ennen ei ollut moista nähty eikä kuultu, missään maassa tai kaupungissa. Vain esihistoriallisena aikana oli ollut jotain isoja jättiläiseläimiä, jotka söivät viherkasveja enimmäkseen. Tämä otus söi ihmisiä ja isojakin eläimiä.

# 8. luku

Isä ja poika uskaltautuivat yhteiselle retkelle vähän ennen pedon saapumista. Sairaanhoitajat, jotkut työntekijät uskalsivat lähteä koteihinsa. Myös baarinpitäjät, kahvilan- ja ravintolanpitäjät olivat uskaltautuneet pariksi päivää töihin, kun jättiläisestä ei kuulunut mitään. He toivoivat, ettei kuuluisikaan, mutta sieltä se kuitenkin tömisten tuli, ja se oli joka paikassa yhtä aikaa. Niin ison alueen se kerralla valloitti. Se pälyili sivuilleen: oliko mitään syötäväksi kelpaavaa? Se oli entistä nälkäisempi toivuttuaan sairaudesta, joka saattoi olla samantapainen kuin ihmisillä.

Nyt se oli saapunut, äkkäsi puistotiellä isän ja pojan. Pedon nähdessään poika tarjosi sille eväitään. Mutta peto nappasi isän ja pojan suuhunsa. He olivat juuri menossa kotiinsa, myöhästyvät vähän. Peto ruokaili myös heillä ja muilla töistä palaavilla. Poika kerkesi sanomaan "isä", kun jo oli puolitiessä pedon vatsaan eväät mukanaan. Siinä oli pienet sanomiset, hätä vain todellinen, kuolema seurasi melkein välittömästi.

Isä ja äiti, koko perhe oli saapumassa väestönsuojaan autolla, kun konepellit vain rytisivät ja iso tassu löi autoa hajalle. Jättirotta otti koko perheen suihinsa.

***

Sitten kävi niin, että pedon ulosteesta alkoi lennellä jättihyttysiä ja jättikärpäsiä, jotka lentelivät pitkin kaupunkia. Jättihyttyset olivat sellaisia, että kohdatessaan ihmisen imivät veren kokonaan kerralla. Eikä sen jaloista päässyt pois. Jättihyttysellä oli monta metriä pitkä kärsä, jota se käytti imemiseen. Sellaista sattui, kun ihmiset uskaltautuivat kauppaan, kun jättirotta nukkui. Ihmiset eivät tienneet uusista vaaroista, jättihyttysestä ja kärpäsestä, jotka molemmat olivat vaarallisia. Jättihyttynen oli paha, sille ei kelvannut kuin veri pikkuhyttysten tapaan, se vain imi paljon enemmän. Se imi ihmisen kuiviin niin, että henki lähti. Ensin meni taju, ja sitten ihminen kärsi verenhukasta, joka oli totaalista ja vei hengen. Ihmiset rynnivät suojiin kuka minnekin, paniikissa he törmäilivät toisiinsa. Joku oli kaupassa hamstraamassa jäätelöä ja leipää, joita oli vielä hyllyssä. Mutta tuli kiire väestönsuojaan. Ihmiset itkivät ja rukoilivat, mikään ei auttanut. Helpotti vain kuolemaa, kun jättirotta söi ihmisten kuiviin imettyjä ruumiita.

Kukaan ei pystynyt korjaamaan niitä, oli vain niin monta vaaraa tullut lisää, että oli kestämistä. Eivätkä ihmiset kestäneetkään – moni meni sekaisin kokonaan, tuli hulluksi kirjaimellisesti. Oli siinä kestämistä, se meni yli ymmärryksen.

Jättihyttyset parveilivat kaikkialla etsien uhreja, ja sitten jättikärpäsiäkin alkoi lentelemään kaupungin yllä. Ne olivat isoja ja siipiväli valtava. Niistä ei ollut muuta haittaa kuin että niihin törmätessään ei oikein päässyt ylös ja usein jäi jättihyttysen ruuaksi, kun ei kerennyt turvaan. Jättihyttyset imivät suoraan kaulasta tai valtimosta verta.

Ihmiset eivät tienneet mitä tehdä. Kolme vitsausta oli kaupungin yllä, plus kulkutaudit. Oli siinä kestämistä, kuten Raamatussa, kun oli Israelin kansan vitsauksia Mooseksen aikaan. Nyt oltiin New Yorkissa, vaikkei uskoisi. Ihmiset, jotka vielä olivat elossa, saivat tauteja ulosteesta – eläimen ulosteista, joita kukaan ei kerennyt tai kyennyt siivoamaan, niitä oli niin paljon, isojen eläinten jättämiä. Joskus ihmiset onnistuivat pakenemaan kaupungista kaaosta karkuun. Ihmiset saivat tauteja, joissa

silmän ympärille kehittyi kupla, pallon muotoinen, joka kasvoi kai ihmi-
sen ihosta.

# 9. luku

Tiedemiehiä ei enää paljon ollut hengissä, tai he olivat sairaina eivätkä päässeet kokoontumaan tai päättämään taudeista. Tultiin yleensä siihen tulokseen, että jättirotta söi jätteitä, joissa oli kasvuhormoneja, joita viemäristä oli saanut.

Viemäristä tuli yhä rottia, mutta ne eivät olleet niin suuria kuin jättirotta – usean metrin mittaisia kuitenkin – kauheaa oli, jos sellaiseen törmäsi. Eikä siinä kaikki: peto kävi synnytyssairaalassa ja ahmi pieniä vastasyntyneitä vauvoja ja tuoreita äitejä. Sairaanhoitajat yrittivät antaa nukutuspiikin pedolle viimeisenä tekonaan, ennen kuin joutuivat isoon kitaan. Kaikki siellä olijat joutuivat oman onnensa nojaan, eikä heillä ja heidän vauvoillaan ollut onnea. Sitten yksi sairaanhoitajista laittoi otukselle jotain desinfioimisainetta, ruiskutti kohti, ja peto aivasteli sen seurauksena. Kaikki tavarat ja ihmiset lentelivät pitkin käytäviä ja seiniä, minkä seurauksena moni pääsi ulos, vauvan kanssa autolle ja väestönsuojaan.

Oli oikea letka, kun ihmiset ajoivat samaan suuntaan väestönsuojaan, joka oli kaupungin laidalla. Onneksi peto piti taukoa syömisessä syötyään ison määrän vauvoja ja äitejä. Syötyään peto röyhtäisi ja laski ison määrän ulostetta sairaala-alueelle ja sen ympäristöön. Vauvoja siinä oli kokonaisena: se ei ollut pureskellut niitä, koska ne olivat niin pieniä. Mutta vauvat olivat kuolleet hapen puutteeseen sekä ulosteeseen. Vasta alkanut elämä päättyi saman tien, kun ei ollut alkanutkaan vielä. Ulosteesta löytyi pääkalloja, joista oli jäljellä enää luuosa tietenkin, sillä pedolla oli aika hyvä ruuansulatus, se sulatti ihmisen melkein kokonaan. Luita joskus jäi ulosteeseen.

Peto oli taas kerran käynyt, sen pahanteolle ei näyttänyt tulevan loppua ollenkaan. Osa tiedemiehistä pohti, miten eläimen saisi tapetuksi. Ihmisiä ei ollut enää kuin kourallinen New Yorkissa. He olivat paenneet kaupungista, osa joutunut eläimen ruuaksi. Sitten rotta, hyttyset ja kärpäset siirtyivät seuraavaan kaupunkiin New Jerseyyn. Muualla kaupungeissa oli suunniteltu vapaasti asusteita, joilla välttää kaikkia vitsauksia, sekä kerätty 100 000 tonnia dynamiittia, jotta jättiläinen saataisiin päiviltä. Vielä enemmänkin kerättiin suoraan tehtaista, joissa ei ollut enää työntekijöitä.

Niin jättirotta saapui New Jerseyyn ja aloitti ihmisjahdin. Tiedemiehet olivat tehneet myös tässä kaupungissa laboratoriokokeita rotilla ja kokeilleet niihin kaasua ja räjähteitä: paljonko rotat tarvitsivat räjähteitä ja miten paljon niitä tarvittiin jättirottaan, jotta se kuolisi.

Samoin tutkittiin hyttysiä ja kärpäsiä. Niitä suhteutettiin jättirottaan, jotta koe onnistuisi – millä ne saataisiin hengiltä? Ei ainakaan kaasulla, koska se oli ihmisille vaarallista hengitysilmassa. Olivathan räjähteetkin vaarallisia ihmisille, mutta niistä yritettiin tiedottaa mahdollisesti kaikille, kun sen aika tulisi. Ja se aika tulisi pian. Ihmiset eivät ensi alkuun uskoneet liikkumiskieltoon. Eihän kukaan liikkunutkaan kuin öisin, jolloin jättirotta nukkui. Ihmisille oli tehty suojapukuja, jotka estivät hyttysten pistot ja joita hyttysen kärsä ei läpäissyt. Kärsä oli kuitenkin voimakas, se kaatoi ihmisen. Suojapuku sammutti jättirotan mielenkiinnon, kun enää ei haissut ihminen ja ihmisliha sen kuonoon. Sitä oli myös mahdoton riisua.

Katsottiin, missä eläin liikkui, ja kaupungissahan se liikkui, myös lähialueen maaseudulla. Se liikkui toreilla ja kaupoissa, jotka se löi matalaksi. Niin isoa ansaa ei ollut vielä keksittykään, mihin eläin lankeaisi. New Jerseyn asukkailla oli mahdollisuus selviytyä suojaavien pukujen ansiosta. Silti ihmiset suuntasivat autoilleen, joilla ajoivat pohjoisemmaksi kaupunkeihin, sinne kauaksi, missä peto ei ollut vielä käynyt eikä sinne ehkä tulisikaan.

Nyt jättirotta joutui tyytymään hakemaan ruokansa kaupan hyllyistä ja varastoista. Jättihyttyset suuntasivat maaseudulle, missä ihmisillä ei ollut suojaavia pukuja, jotka kestivät niiden hyökkäykset ja jättirotan hyökkäykset, samoin kärpästen, jotka lentäen kaatoivat ihmisiä. Hyttyset löysivät eläimet ja kerralla imivät lehmät, lampaat, siat ja hevoset kuiviin. Jättirotalla oli nyt myös syömistä, se oli aikaisemmin jäänyt vaille lihaa. Niinpä se oli nyt hyvillään kulki eteenpäin.

Kaupungeissa ja maaseudullakin osattiin niiden tuloa odottaa, muttei tiedetty varmasti. Senpä takia ihmisiä oli vielä kodeissaan, jotka hajosivat kuin Lego-talot, ja ihmiset joutuivat eläinten uhreiksi. Kauhu oli lievä sana – paniikki ja pakokauhu valtasivat ihmiset. Mutta kaikki eivät olleet uskoneet vaaraan, ja siitä tuli seurauksia, jotka olivat viimeisiä heille.

# 10. luku

Emännät laittoivat suurpedolle paljon paljon ruokaa, samoin kauppiaat keräsivät kaiken liharuuan esille eläimelle. Jospa se söisi sen ja tyytyisi siihen.

Toisen kerran pikkupoika tarjosi voileipää jättijyrsijälle, joka kuitenkin söi pikkupojan voileivän kanssa. Samoin emännät, jotka eivät olleet pukeutuneet suojahaarniskaan – heidät syötiin. Ihmiset olivat avuttomia, neuvottomia sekä voimattomia eläimiä vastaan. Tietenkin osan onnistui paeta jättihyttysiä ja kärpäsiä, ne eivät kaataneet tai syöneet kaikkia ihmisiä. Eikä jättirotta saanut kaikkia ihmisiä syödäkseen vaan osa säästyi, mutta ihmiset saivat kulkutauteja, jotka jylläsivät kaataen ihmisiä. Bakteerit ja virukset – niille ei heti löydetty vastalääkettä, kun eläimet toivat tullessaan kulkutauteja.

Oli kaikenlaisia vitsauksia, joista oli vaikea selvitä. New York oli tyhjentynyt täysin. Räjähteitä laitettiin kuitenkin, ja niitä kerättiin ympäri valtiota monta miljoonaa tonnia. Niitä laitettiin torille, missä jättirotta myös kävi. Peloissaan asiantuntijat asensivat räjähteitä pinoiksi, että saataisiin jättirotta ansaan ja räjäytettyä, mikä vaati todella paljon räjähteitä ja asiantuntijoita asentamaan ne paikoilleen. Jospa onnistuttaisiin peittoamaan jättirotta, jättihyttyset ja kärpäset myös. Koko tori ja aukio tulisivat täyteen räjähteitä, kun tehtäisiin jättiansa jättirotalle. Vielä tuli keksiä sopiva laukaisija, joka reagoisi vain painavaan eläimeen.

Jättihyttysillä oli monta metriä pitkä pistin kärsän päässä, ja sillä se pisti eläimiä ja ihmisiä verta saadakseen. Ihminen tai eläin kuoli varmasti, kun se imi kaiken veren ihmisestä tai eläimestä.

Jättikärpäsellä oli monta metriä pitkät siivet, ja se aiheutti kovaa tuulta tullessaan. Siinä tuulessa varmasti kaatui ja lensi jonkin matkaa. Niitä oli vaikea päästä karkuun, ja vähitellen ihmisten oli pakko uskoa mielikuvituksellisiin eläimiin – ainakin siinä vaiheessa kun joutui kohtaamaan ne.

Kun räjähteitä asennettiin, kiellettiin ihmisiä kokoontumasta torille tai edes kävelemästä siellä päin, koska oli vaarallista. Työ eli asennus oli kesken. Ihmiset olivat niin peloissaan, etteivät uskaltaneet lähteä minnekään, samalla toiveikkaita. Suunnattiin siis väestönsuojaan. Räjähteitä laitettiin monta kuukautta, kun täytyi tehdä laskelmia ja räjähteiden kuljetus oli ongelmallista. Se ei ollut vain asentamista, räjähteiden laittamista aukiolle ja torille, vaan piti katsoa monta seikkaa, että laskelmat täsmäisivät. Kuitenkin niin, että räjähteet räjähtäisivät eläimen astuessa laukaisijaan. Tietysti eläin kävi torilla, mutta tarvittiin laukaisin, ennen kuin räjähtäisi.

Ihmetteliköhän se, mitä oli rakennettu, riittikö sen äly? Ei se varmaan tiennyt sitä, että sen pään menoksi oli suunniteltu iso operaatio, joka ei ollut vielä valmis. Eläin nuuhki räjähteitä, mutta ei niissä ollut mitään syötävää. Eivätkä ne räjähtäneet ilman laukaisijaa.

Talvi oli kylmä, ja lunta oli satanut paljon maahan. Lapset olisivat halunneet ulos leikkimään ja aikuisetkin, mutta kukaan ei tietenkään uskaltanut. Onneksi lapsetkin pelkäsivät suureläimiä eivätkä karanneet ulos. Jättihyttyset ja -kärpäset jatkoivat kemujaan minkä saivat, mutta eivät päässeet taloihin niin kuin jyrsijä, joka hajotti talon ja söi ihmiset yksitellen. Joskus päitä jäi roikkumaan suusta, ja se oli iljettävä näky, kerta kaikkiaan kammottava. Ei koskaan ollut ollut moista ennen.

Ihmiset ajattelivat kahdesti, mitä laittoivat viemäristä alas. Uskon myös, että laitokset tästä lähin polttivat ongelmajätteet ja kaikki kasvuhormoneja sisältävät aineet. He polttaisivat eläimet, joilla tehtiin kokeita, eikä niitä laitettaisi jätteisiin. Uskon, että ihmiset viisastuvat – muu olisi ihmisten omaksi kuolemaksi. Vahingollisia aineita pääsee vesistöön ja ihmisten ulottuville, pahimmissa tapauksissa ihmisten ja eläinten ruokaan ja juomaveteen. Siitä voi olla rumia seurauksia kuten jättirottia, joiden ulosteista oli löydetty kasvuhormoneja sisältäviä aineita. Niitä oli päästy tutkimaan. Kaikkia seurauksia ei vielä tiedetä.

Nyt oli kysymys: menisikö eläin ansaan, jota sille viritettiin? Eläin oli korkeampi kuin kerrostalot, sen pää huiteli pilvissä. Räjähteitä oli laitettava korkealle ja matalalle, ja räjähteiden määrä alkoi olla suuri. Ne täyttivät koko aukion ja torin. Ihmiset uskoivat: nyt tai ei koskaan eläin kuolisi. Mutta kulkutaudit verottivat ihmisiä sekä hyttyset, jotka joivat veret kuiviin. Raatoja oli joka paikassa, koiria ja kissoja oli myös rikkirevityillä kaduilla, vaikka osa oli jäänyt ehjäksikin.

Yksi tyttö ajatteli laulaa jättijyrsijälle sen nähdessään, jos se asettuisi. Niinpä kun hirviö ilmestyi maisemiin, tyttö pelkäsi mutta lauloi hennolla äänellään. Jyrsijä katseli ja katseli tyttöä ja jätti tämän syömättä. Laulu oli pelastanut hänet. Jyrsijälle päätettiin laittaa musiikkia, jospa se asettuisi. Musiikki kantautui jyrsijän korviin kovaäänisestä, ja jyrsijä vähän rauhoittui muttei kokonaan lakannut pyydystämästä ihmisiä.

Räjähteitä laitettiin nostokurjilla, pilvenpiirtäjän kokoisilla, varovaisesti paikoilleen. Se oli tarkkaa työtä ja vaati asiantuntijoita, joita vielä oli. Jättirotta kävi nuuhkimassa joskus ja ihmetteli kai rakennelmaa, mutta meni kuitenkin pois. Ihmiset pakenivat yöllä, kun jättirotta nukkui. Se kuorsasi niin, että kuului tosi pitkälle toiseen kaupunkiin. Yöllä myös laitettiin räjähteitä kaikessa hiljaisuudessa. Oli jo kevättalvi, ilmat olivat muuttuneet. Lumi oli sulamassa, oli maaliskuu. Touko–huhtikuussa olisi paljon lätäköitä, joita hyödynnettäisiin ulosteen korjaamisessa.

***

Muualla kuultiin jättirotan jättäneen tytön syömättä, kun tyttö lauloi sille
– oliko se siis herkkäkin? Alettiin keräämään orkestereita ja laulajia,
jotka saisivat pedon tyyntymään. Sitten esitettiin laulua orkesterin säes-
tämänä rohkeasti jättirotan tullessa. Niinpä jättirotta hiljeni ja jäi kuun-
telemaan eikä syönyt niitä, jotka esittivät laulua sille. Tietysti muut teki-
sivät samoin muualla, missä vain arveltiin jättirotan olevan ja tulevan.
Musiikilla oli rauhoittava vaikutus jättirottaan.

# 11. luku

Toukokuussa oli täysi kesä. Linnut lauloivat normaalisti, viheralueet alkoivat kukoistamaan. Puut saivat silmunsa ja lehtensä. Räjähteet alkoivat olla paikoillaan, valmiiksi laitettuina torilla ja aukiolla. Tutkijat pyysivät musiikkia kaikkialle soimaan kovaäänisistä. Niinpä jättirotta viihtyi, ihmiset viihtyivät, oli rauhallisempaa kun aikoihin, vaikka rotta pyydystikin ihmisiä ravinnokseen. Sitten vielä suunniteltiin laukaisijaa räjähteille. Eihän jättirottaa voinut jättää henkiin sen syötyä ison määrän ihmisiä. Ihmissyöjärotta se oli, ja se oli saatava hengiltä. Eri juttu oli, onnistuisiko se. Ansa laukeaisi, kun tosi iso tassu, käpälä, osuisi siihen ja räjähteet lennättäisivät rotan ilmaan. Mutta osuisiko rottaan? Astuisiko rotta ansan päälle?

Tavallinen rotta-ansa oli sellainen, että rotta jäi siihen kiinni. Tämän oli tarkoitus räjäyttää miljoona tonnia painava eläin ainakin osittain, ja siitä tulisi kauhea sotku, mutta se olisi pienempi paha kuin jos rotta jäisi henkiin.

Niinpä sitten vain odotettiin. Tunnit olivat pitkiä ihmiselle, tiedemiehille, ansan laittaneille. Räjähtäisivätkö ammukset, osuisiko rottaan, kuolisiko rotta? Miten se onnistuisi? Niin yöt ja päivät kuluivat, ja rotta ei ollut mennyt ansaan. Oliko se niin viisas, että tiesi, mikä sitä odotti? Tuskinpa vain, jos vain menisi räjähteiden luokse. Räjähteiden lähelle laitettiin eläimiä, joita se voisi syödä ja painaa samalla laukaisijaa huomaamattaan. Eivät rotat niin viisaita olleet, että tiesivät ihmisen laittamasta ansasta. Eivätkä ne tienneet, mitä ihmiset olivat tehneet sen pään menoksi.

Se kiersi ansaa jostain syystä ja jätti jätöksensä, jota oli paljon. ihmisillä oli täysi työ väistää sen jätöksiä. Joskus se oksensi, ja oksennus haisi kaikkialla. Mitä seuraisi, jos eläin osuisi laukaisijaan?

Usean viikon se hajotti räjähteitä ympäriinsä, mutta sitten astui laukaisijaan, minkä johdosta eläintä osui kuonoon, rintaan ja etukäpäliin. Se oli osaksi tohjona, ympäriinsä lensivät sen valtavan pään ja kuonon jäänteet. Räjähteiden laukeamisesta lähti ääntä, jota ihmiset säikkyivät niin, että vanhuksia ja lapsia kuoli. Räjähteen pamaukset jylisivät kuin pommit, mitä ne olivatkin, ja se kuului naapurivaltioihin asti. Räjähteitä räjähti myös eri aikoina. Pauketta jatkui kolme vuorokautta, niin paljon niitä oli. Nyt oli eläimestä selvitty, ja moni kiitti jumalaa kun selvisi, mitä oli tapahtunut. "Vihdoinkin!" sanoivat ihmiset. Siivo oli kauhea, rotan ulosteeseen upposi kerrostalo. Kuono päineen oli poissa, eli jättirotta oli entinen ja nyt vihdoinkin kuollut.

Luomakunta huokaisi helpotuksesta. Ihmiset ja eläimet olivat päässeet pahasta. Tyytyväisiä olivat räjähdeasiantuntijat ja tutkijat, jotka olivat onnistuneet yrityksessään saada peto hengiltä. Rotan osat olivat inhottava näky.

Tutkijoiden oli nyt tutkittava jättirotan jäänteet. Kuonon ja pään kappaleita oli ympäriinsä. Se oli ollut inhottava näky eläessään ja vielä inhottavampi nyt, kun oli monena kappaleena koko etuosa. Ihmiset tulivat auttamaan, kun eläintä sahattiin moneen osaan kuljetusta varten. Se oli monin kerroin, liian iso kerralla vietäväksi, poltettavaksi kaatopaikalla. Siitä sai monta palaa sahata ennen kuin saatiin kuljetettua osia kaatopaikalle. Tutkijat ja muut ihmiset eivät olleet koskaan törmänneet vastaavaan. Otusta valokuvattiin ja mitattiin, ja painoksi arvioitiin monta miljoonaa kiloa. Pituus oli ehkä puoli kilometriä, leveydeltään se oli kymmenen kerrostalon levyinen.

Rakennukset olivat tuusan nuuskana sen jäljiltä, ja jälleenrakentaminen aloitettiin. Toisista kaupungeista tuli rakennusmiehiä koneineen auttamaan ja rakentamaan, jälleenrakentamaan. Talojen rippeet korjattiin pois isoilla kaivinkoneilla. Rakennustarvikkeita hankittiin myös toisista kaupungeista. Kaikki uudelleen rakentaminen käynnistyi, elinkeinoelämä, talous ja kauppa elpyivät. Ihmisille rakennettiin kerrostaloja yhteisistä varoista, joita oli kaupungilla. Muualtakin tuli avustuksia jälleenrakentamiseen, kun kuultiin, että hirviö oli kuollut. Ihmiset itkivät onnesta ja helpotuksesta.

Kaupat ja virastot ja koulut rakennettiin ennätysajassa. Oli kiire saada alkaa kaikki alusta, ja ihmisten piti päästä asumaan jonnekin. Kukaan ei kysynyt, kuka maksaa, vaan rakennusmiehet tekivät ilmaiseksi rakennuksia, jotka kyllä kaupunki maksaisi enemmin tai myöhemmin, kunhan pääsisi omilleen. Talkoovoimin alettiin jälleenrakentamaan.

Meni kolme kuukautta, kun kaikki rakennukset oli rakennettu uudelleen. Ihmisiä tuli kaikkialta ja muutti New Yorkiin sekä New Jerseyyn. Alkoi kansainvaellus.

Eläimen jättämät tuhot olivat mittavat, mutta ne korjattiin yhteistuumin. Eläimen uhrien lukumäärä hipoi pilviä.

Sitten tutkijat päihittivät jättihyttyset myrkyllä, joka veti niitä puoleensa. Hyttysistä lähti henki myös, samoin kärpäsistä. Niille syötettiin jotain imelää litkua, joka veti niitä puoleensa. Henki lähti niistäkin. Tutkijat olivat voittaneet henkiinjäämistaistelun tekemällä tutkimustyötä yötä päivää, että ihmiskunta säästyisi – loput siitä, mitä oli jäljellä. Kuolleiden korjaamisessa oli kova työ, kun he pitkin kaupunkia makasivat hengetönnä.

"Mutta selvittiinhän", ajattelivat kaikki ihmiset, ja niin oli selvittykin, mutta ei ilman kuolonuhreja. Koko maa tiesi, juttua puitiin vielä pitkään eri tiedotusvälineissä. Puhuttiin jättiuhkista, jotka oli kuitenkin ihmiskäsin voitettu. Ihmiskunta oli vapaa vitsauksista toistaiseksi.

***

Opetus tässäkin tarinassa oli! Arvaa mikä? Muistatko lukemaasi? Ihmiskunta on selvinnyt ilman näitä uhkia oikeasti ja saa olla tyytyväinen, että näin on. Toistaiseksi. Saas nähdä, mitä tulevaisuus tuo tullessaan. Turha sellaista kuin tässä tarinassa on pelätä – ihmisillä on kyky voittaa vaikeudet, suuretkin, mitä vastaan vain tuleekin. Aika lohdullista: ihmiskunta on taistelun pahaa vastaan aina voittanut.